ЕлеНа КоЛиНа

ЕлеНа КоЛиНа

ПРОчто КИНО?

АСТ
Москва

УДК 821.161.1-31
ББК 84(2Рос=Рус)6-44
К60

Серия «Проза Елены Колиной»

Подписано в печать 15.06.2013 г.
Формат 84×108 $^1/_{32}$. Усл. печ. л. 15,12.
Тираж 5 000 экз. Заказ №3237М.

Общероссийский классификатор продукции
ОК-005-93, том 2; 953000 — книги, брошюры

Дизайн — Ксения Щербакова
В оформлении использованы фрагменты картин
Амедео Модильяни

Колина, Елена Викторовна
К60   Про что кино?: [роман] / Елена Колина. — Москва:
АСT, 2013. — 287, [1] с. — (Проза Елены Колиной)
ISBN 978-5-17-077705-1

Часто ли встретишь родителей, убежденных, что их ребенок недостоин любви? Но если эпоха ломается, может ли все в вашей семье остаться прежним? Конечно же, нет! Элита прежнего мира — достаток, карьера, муж-профессор, — окажется вровень с подругой, у которой долги, коммуналка, муж-неудачник. А потом все решат их дети: неудачники, бизнесмены или миллионеры... Но главное обязательно останется неизменным...

Романы Елены Колиной «Предпоследняя правда», «Через не хочу» и «Про что кино?» образуют захватывающий триптих о том, что происходит с людьми, с семьями, со страной — когда они перерастают самих себя.

УДК 821.161.1-31
ББК 84(2Рос=Рус)6-44

«Бороться и искать, найти и не сдаваться» призывал герой одной из самых любимых Таниных книг, и Таня все искала и искала московского мальчика, поразившего ее своими стихами, и как раз когда уже совершенно отчаялась и была готова сдаться, больше на рок-концерты не ходить, — наконец нашла своего Поэта. И, словно для симметрии истории, на этот раз с ней опять была Алена.

— ...Танька, ты у нас любительница рока... Хочешь пойти на квартирник? — спросил Виталик. — Компания питерско-московская, ребята ездят туда-сюда, питерские на выходные в Москву, московские на выходные в Питер — попить вина, музыку послушать... Кто будет играть? Не имею представления, ты же знаешь, рок — это не мое кино. Да и компания не моя, у меня там просто человечек знакомый...

— У тебя везде человечки, на любой вкус, — сердито-любовно, как старая тетушка, проворчала Ариша.

— Не хочу, нет, — сказала Таня, — у меня рок уже из ушей лезет...

— Квартирник — это концерт в квартире? Я никогда не была. Мы пойдем. Развлечемся, отвлечемся, с кем-нибудь познакомимся... — решила Алена.

Девочки никогда прежде не бывали в глубине Лиговки; оказалось, что за фасадами домов целый мир, из одного двора они переходили в другой, третий, попали на Обводный, вернулись через проходной двор, который вместо того чтобы вывести обратно на Лиговский, привел их на пустырь, — блуждали около часа, сверяясь с адресом, нацарапанным Виталиком на салфетке, и уперлись в нужный дом, когда обе уже не хотели никакого концерта, хотели лишь выбраться из этих бесконечных проходных дворов.

— Это не бесплатно... по рублю с носа, — сказал девочкам организатор концерта, разгоняя рукой сладковатый дым. — Пардон, мы тут немного покурили...

Таня не поняла и кивнула, Алена поняла и кивнула — марихуану курили, и обе протянули по рублю. Огляделись, удивились — как в десятиметровой комнате уместилось столько народу, сидели на подоконнике, за крошечным столом друг у друга на коленях, на полу, — всего человек двадцать или сто...

Квартира на Лиговке была странная, не более странная, чем другие питерские квартиры, с лестничной площадки попадали сразу в комнату, а из комнаты дверь вела в длинный извилистый коридор — налево-направо-налево-налево и в крошечную кухню. Народ по квартире распределялся, словно следуя правилу «не расходиться», все были вместе, вместе в комнате или вместе на кухне, или перетекали из кухни в комнату по темному коридору, как муравьи по лесной тропинке.

Он пришел незаметно, как будто в окно влетел, — только что все было без него, и вот он уже поет, кричит-хрипит.

— Нужна девочка, чтобы сидела рядом, — сказал кто-то, и Алену вытолкнули вперед, как говорят дети, «за красоту»; она потянула за собой Таню, так и сели, по одну сторону от него Алена, по другую Таня.

— Под Высоцкого, — перегнувшись к Тане, за его спиной прошептала Алена, и Таня непонимающе на нее посмотрела.

Она ходила-искала его месяцами, и вот так, просто — сидит с ним рядом? Таня как будто сама себе снилась и, что в этом сне происходит, не вполне не понимала. ...Под Высоцкого? Она выросла на Галиче и Высоцком, у дяди Илюши были все записи, она их наизусть знает. Вовсе не под Высоцкого, он — сам.

7

Елена Колина

В перерыве, когда все перетекли на кухню и там пили вино, курили, Таня с Аленой поссорились.

— Мне надоело... какой-то истерический надрыв, бе-е... — сказала Алена. — Разве это музыка?..

Таня все же окончила музыкальную школу и понимала — и правда, играть он не умеет: примитивные аккорды, играет без медиатора, ломает пальцы, рвет струны...

— Все эти рокеры какие-то... грязные... а твой гений некрасивый...

— Ты, ты!.. — шепотом вскрикнула Таня, наступая на Алену. — Как ты можешь?! При чем здесь его внешность? Это же стихи! Настоящие! В его текстах такая энергия! Он гений, ранимый, нежный, у него душа болит за весь мир, ему так больно за несовершенство мира, что у него сердце разрывается... Он поет о любви, не произнося слово «любовь»! ... А ты, ты... как ты не понимаешь? Может, у тебя вообще нет души?!

Она впервые в жизни повысила голос, и это оказалось совсем не страшно — как будто стала ведьмой, села на метлу и понеслась. Алена попятилась и, поскользнувшись, упала на кучу из чужих курток, сваленных у двери, а Таня стояла над ней и страшным шепотом повторяла:

— Ты, я... если ты не понимаешь, ты мне больше не друг!..

8

— Ах, вот ты как? Это я тебе больше не друг, — сидя на полу, угрожающе зашипела Алена. — Давай иди к нему!..

Девочки разошлись, надувшаяся Алена отправилась в угол комнаты, подальше от него, а Таня — к нему, торопясь занять свое место рядом с ним.

Он спел несколько песен, отложил гитару, сказал «сейчас приду, только воды попью», Таня привстала — «хочешь чаю, я сделаю!», он отрицательно мотнул головой, двинулся на кухню, и она за ним. Все засмеялись — может, человек в туалет пошел, а она пристает со своим чаем, и Алена презрительно скривилась, но Таня, обычно такая чувствительная к тому, что о ней подумают, не поняла, что выглядит навязчивой, такой же, как девочки-поклонницы, не сводящие глаз со своих кумиров. Ничего она не понимала, у нее даже, кажется, температура поднялась.

На кухне они были одни. Потом Таня не могла вспомнить, как крепко он ее обнимал, она хорошо, до деталей помнила кухню, с укромными уголками, с огромной, как комната, кладовкой, где он сидел на полке и ел варенье, и они вместе ели варенье...

— У меня твои стихи, тетрадка, зеленая, за две копейки... — заторопилась Таня.

— Выброси, я еще напишу, — отмахнулся он.

— Как выброси?! Ты что?! Это же стихи...

9

— Зачем они мне, печатать их, что ли?.. Тебе правда понравилось?

— Да, да, это гениальные стихи...

Он обнял ее, прижал к себе. На полке лежала чья-то черная фетровая шляпа с большими полями — такие шляпы надевают на маскарад, он нахлобучил шляпу на Таню, сказал «красивая», — Таня или шляпа?.. Сколько времени они были одни — минуту, час, вечность? Заглянул ли кто-то на кухню и тактично ушел, или все терпеливо ждали, понимая, что происходит: она его нашла, их любовь как взмах, как взлет...

— Я в следующий раз приеду в мае. Приходи, ты хорошо сидишь рядом. — Он отстранился, улыбнулся. — Придешь?

Конечно, она придет, она пойдет за ним куда угодно, как ребенок за крысоловом с дудочкой...

— Ты почему такой грустный?.. — несмело спросила Таня.

— Никто не грустный. Все ништяк. Иди, я сейчас...

Таня вернулась в комнату, села на свое место, теперь уже по праву ее место было рядом с ним. Она все еще оставалась в черной шляпе, и когда он обнимал ее на кухне, была в шляпе. Алена прошептала ей на ухо вредным ревнивым голосом: «Ты теперь ее вообще не снимай, спи в ней!»

Все ждали, когда он вернется, — ждали-ждали, а потом кто-то отправился на кухню, в коридоре подергал ручку туалета и крикнул: «А где же он? Ушел, что ли?!» И все потекли на кухню, переговариваясь: «Ушел?.. Без предупреждения?.. Некрасиво. Люди, между прочим, деньги заплатили...» И — кто первый понял и как понял? Вдруг раздался крик: «Люди!.. Люди, он вышел! Вышел!.. В окно!»

Первой среди застывших в ошеломлении, потрясенных, опомнилась Алена — именно она вызвала «скорую». Спрашивала у всех номер дома, но никто не помнил, а хозяин квартиры куда-то исчез, и Алена, выглянув в окно, крикнула стоящим на улице прохожим — над ним стоящим, — «номер дома, быстро»! А повесив трубку, вытащила из кучи сваленной на полу одежды свою и Танину куртки, схватила Таню и вытолкнула из квартиры.

— Но он же сказал «все ништяк», — прошептала Таня.

Алена не расслышала, но она и не собиралась Таню *слушать*. Перед тем как выйти из подъезда на улицу, повернула ее лицом к себе, прижала, придерживая эту ее дурацкую шляпу, и так и вывела на улицу спиной, для верности закрыв ей рукой глаза — не смотри!

— Нет-нет-нет, — приговаривала она и волокла Таню, как куль, мимо стоящих вокруг него лю-

11

дей, прочь от красных брызг на асфальте, волокла и приговаривала: — Нет-нет-нет...

— Что нет?! — вдруг закричала Таня.

Алена молча потащила Таню дальше. Что ответить на вопрос «что нет?»? Левина бабушка, Мария Моисеевна, часто произносила на первый взгляд странную фразу: «Что нет, когда да...» На первый взгляд странную. И правда — что нет, когда да.

Ночь любви

«Маленькая, моя маленькая», — подумал Кутельман, глядя на отнюдь не маленькую, особенно по сравнению с ним, Фиру. Даже сейчас, когда Фира некрасиво сгорбилась рядом с ним, она была его выше, больше. Они вдвоем уже несколько часов сидели на Левиной кровати — в комнате Резников спал Илья, в коммунальной кухне среди чужого неряшливого быта не посидишь, и они ждали Леву в его комнатке, почти не разговаривали, она начинала говорить горячо, спутанно, задумывалась, замолкала. Они сидели молча, и он держал ее за руку. За окном была сиреневая ночь, никакой лирики, никаких чудес, все просто: в окне напротив всю ночь горела лампа под сиреневым абажуром. Бедная Фира, день ее огромной победы стал днем окончательного поражения, такого обидного и нелепого, что и предположить было нельзя... Любой может поскользнуться, карабкаясь на вершину горы, но поскользнуться на ровном месте и полететь кубарем вниз невозможно обидно — это же *ровное* место!..

— Господи, что я сделала, что?.. — простонала Фира.

Она не ждала ответа, просто бормотала в пространство, но Кутельман ответил.

— Я много раз встречался с такой ситуацией: ученый разрабатывает теорию, а когда он ее предъявляет, другие ученые говорят: «Это не теория, это всего лишь ваша гипотеза, и она не доказана...» Человек возмущается — как не доказана, вот доказательство, я доказал! А ему отвечают: «Мы не считаем это доказательством». Ты понимаешь?.. Доказанным считается то, что группа математиков признает доказательством... А если у другой группы математиков другие допущения, то они не признают его доказательство... Ты понимаешь?

Фира не понимала, и Кутельман, как хороший лектор, принялся старательно объяснять логику своих рассуждений:

— Ты, конечно, помнишь, что теория относительности утверждает: не существует экспериментальных доказательств, которые отличают движущиеся системы координат от неподвижных...

13

— Эмка! Эмка, Эмка... — Фира вскинула на него непонимающие больные глаза, — какие координаты, при чем здесь я?.. Эмка, не говори так со мной... Ты что, Эмка?!

На самом деле она была «при чем», он хотел сказать — даже в математике не существует доказанной истины, однозначной картины мира, безупречной теории. Происходящее здесь и сейчас не стоит такого отчаяния, просто потому, что Фира считает собственную картину мира единственно верной, в ее картине мира все аргументы работают на нее, но ведь это *ее* аргументы, *ее* картина мира, а у других — другая, с не менее весомыми аргументами.

И в этом с ним согласилась бы любая группа математиков — свои, чужие, все!

— Эмка... — только и сказала Фира, и Кутельман нервно дернул плечом, застыдившись своей притворной рассудочности.

Все, свои и чужие, все согласились бы с ним, что это не стоит такого отчаяния, но он-то знал, что *стоит*...

Фирин день — пятница, у нее был первый урок, начался неожиданным вызовом в кабинет директора — в 9.30 утра директору позвонили официальным голосом: «Позовите к телефону Резник Фиру Зельмановну». Фира примчалась с урока без лица — что с Левой, с Ильей, *что*? Фиру вызвали в ОВИР. И там, в кабинете, случилось невероятное.

Документы для поездки Левы на олимпиаду в Будапешт давно были собраны и сданы той самой, прошлогодней тетке-лейтенанту, на голубом глазу объявившей Фире, что документы ее сына потерялись. На этот раз тетка не требовала у Фиры справку, еще справку, и еще одну справку, не играла с ней в игру «поди туда, не знаю куда, принеси то, не знаю что» и была с ней отстраненно любезна. Фира, в свою очередь, была с теткой любезна, понимала, что от нее ничего не зависит, решение принимается не на теткином уровне, та понимала, что Фира понимает... В общем, отношения мамы Левы Резника с государством, представленным теткой-лейтенантом службы госбезопасности, сложились рабочие. И вот эта бесстрастная тетка-лейтенант, воплощение государства, непостижимый сфинкс без лица, без эмоций, без души, — голова на погонах, — встретила Фиру, улыбаясь совершенно по-теткински, по-соседски — поздравляю, ваш сын едет, едет!

Леви паспорт в руки не дала, паспорт будет храниться у нее до самой поездки, но показала — вот он, паспорт вашего мальчика с визой! Сказала: «Я за вас рада, вы так переживаете, я понимаю, у меня ведь тоже ребенок...», еще минута, и, кажется, скажет: «А давайте чай пить...» Даже лейтенант КГБ понимает — может быть, она больше всех понимает, какая это огромная Фирина победа, Фира

15

даже государство победила своим талантливым сыном — еврея допустили защищать честь страны. Фира вышла из ОВИРа пустая от счастья, звонкая, как хрустальный бокал, хотела бежать, кричать — бежать к Леве в школу, прокричать под окнами: «Левочка, ты едешь! Левочка, теперь я могу умереть спокойно. Левочка, прости, что я говорю глупости, прости, что я плачу, но ведь столько лет, столько лет твоего труда, наших надежд, и вот мы у цели, вот она перед нами, твоя прекрасная жизнь...»

Но бежать не было сил — впервые в жизни заболело сердце, и она медленно, как старуха, побрела к дому. Шла-шла, а перед глазами как кино: Лева — студент университета, Лева блестяще защищает диссертацию, Лева открывает международный симпозиум, Лева получает медаль Филдса... И вдруг решила: она никому об этом не расскажет, это слишком интимно, это будет ее секрет — она пойдет в церковь...

Фира остановилась и подумала — а где, собственно говоря, церковь? Казанский собор, Исаакиевский собор — это музеи. Ни одной работающей церкви она не знала. Выйдя на Невский, села в троллейбус, пятерку, доехала до Исаакиевской площади, купила в будочке билет, вошла в Исаакиевский собор, растерянно остановилась у входа. Туристы, экскурсии, иностранная речь экскурсоводов — напрасно пришла сюда... Но вот же иконы, она сможет поблагодарить Бога за своего сына и попросить — что? Чтобы Бог его хранил.

В глубине собора Фира самой себя застыдилась, смешалась, не знала, к какой иконе ей подойти, не знала, можно ли у иконы попросить Бога за Леву, можно ли пройти к алтарю... Постояла у входа, побродила по собору, полюбовалась витражами, посмотрела на иконы, но обратиться к Богу не смогла. Выходя из собора, быстро смущенно пробормотала: «Пусть у Левы все будет хорошо» — и кому-то мысленно сказала вежливое «спасибо», наверное, Богу.

Подумала — нужно к еврейскому Богу. И пешком — от Исаакиевской площади около получаса — пошла в сторону Лермонтовского проспекта, в синагогу. В синагоге у Фиры получилось еще хуже, чем в соборе, в синагогу она не решилась даже заглянуть, такое все было чужое, и само мрачное серое здание, и внутри совсем уж незнакомый Бог.

Незнакомого Бога Фира тоже попросила за Леву, стоя у входа синагоги, — пусть у него все будет хорошо... Подумала: «Нет, и здесь не мое, везде не мое... Вот, молюсь за Леву всем богам, кто поможет» — и рассмеялась, и сердце прошло, и веселье наполнило ее, как воздушный шарик. И уже по-деловому быстро побежала на троллейбус до Невского, по дороге прикидывая, что она сможет купить в «Елисеевском» и как это можно сочетать с тем,

что у нее есть в холодильнике — курица, и как соорудить быстрый праздничный стол — мяса нет,
оливье придется делать с колбасой, блинчики обязательно... пирожных в «Севере» купить, Лева любит «картошку»... Скорей, скорей, ведь праздник
какой, праздник, сегодня праздник!

— ...Я не поеду на олимпиаду, — сказал Лева.
Трусливо сказал, в коридоре, перед дверью в «комнату», — у него в руках блюдо с жареной курицей,
у Фиры кастрюля с салатом «оливье».

В комнате Илья говорил по телефону, махнул рукой — тише, еще пару секунд послушал, сказал
«спасибо», повесил трубку. Фира вопросительно
взглянула — кто?

— Да так... первый секретарь Петроградского
райкома, по государственному делу... — хлестаковским, небрежно-значительным тоном сказал Илья.

— Смирнов?.. Что случилось? Что-то с девочками? Что он сказал?..

— Сказал: кхе-кхе... знаем, поздравляем. Вашему сыну выпала честь представлять Советский Союз на международной олимпиаде.

— А ты что?

— А я сказал: точно, выпала честь, как будто
Левка играл в покер и поймал каре...

— С ума сошел?! Шутить с первым секретарем! — заволновалась Фира. — Нет, ну правда,
Илюшка, это неуместно... А он что?

— А он мне: «Нет, право вашего сына — это результат его целеустремленности и воли к победе». Я ему говорю: «Мужик, чувства юмора у тебя ни хрена нет».

Фира побледнела, и Илья улыбнулся:

— Спокойно, Фирка! Я сказал «спасибо».

— А он что?

— Да херню какую-то... Типа «ваш сын не подведет свою страну и свой город». Мы и без его партийного наказа знаем, что не подведет, правда, Левка?..

Фира счастливо вздохнула.

— Лева?.. Левочка, что ты сказал?.. Там, в коридоре? Куда ты не поедешь?..

— Я не поеду на олимпиаду. Я с математикой покончил. Это мое решение. Нет больше никакой математики, все.

...«Оливье», блинчики, Илья с праздничным лицом, жареная курица...

— Левочка, ты не заболел? Ты хорошо себя чувствуешь?.. Олимпиада, университет, твое будущее, — медленно повторяла Фира, словно втолковывала дебилу. — Олимпиада, университет, твое будущее... Левочка, ты понимаешь, что ты говоришь, — это же *математика*!.. Ты меня слышишь?!

Когда Фира наконец поняла, что он ее слышит и все аргументы исчерпаны, она закричала:

— Ты отказываешься ехать на олимпиаду?! Ты отказываешься делать, как я хочу?! Ты отказываешься от математики? Ты отказываешься от меня?!

— Разве ты и математика — одно и то же? При чем здесь ты? Это моя жизнь, а не твоя! А мне — понимаешь — мне больше не нужна математика! — кричал Лева.

— Ах, вот как?! Это твоя жизнь?! Твоя?! Ну, хорошо, сломай свою жизнь назло мне!..

Она выкрикивала горькие слова, такие обычные, которые до нее тысячи раз бросали родители своим взрослеющим детям в стенах Толстовского дома, с таким азартом и изумлением, будто эти слова впервые произносились на земле.

— Лева, я тебя умоляю, я на колени встану!.. Ле-ева!.. — крикнула Фира, как в лесу, отчаянно, как будто у нее в лесу потерялся ребенок.

Он пропадает, гибнет, а она не может заставить его делать то, что надо... заставить, заставить! Страшно, когда чужая посторонняя сила пытается разрушить жизнь твоего ребенка, и еще страшнее, когда эта сила он сам.

Лева ушел, и... и где он сейчас? Сейчас ночь, сиреневая ночь... Где он сейчас?

— А Илюшка спит, — сказала Фира.

— Ну, спит человек... Не злись, он ни в чем не виноват, — сказал Кутельман.

Фира больно сжала его руку. Илья не виноват?.. Она просила, умоляла Илью «сделай хоть что-нибудь!», но он только повторял «что я могу сделать?..» — сначала расстроенно, затем обиженно, затем зло... Она опять одна, одна борется за Леву. Илья не виноват, что она одна?!

— Лева сказал, что я все делаю для себя. Что мне не удалось заставить Илью стать ученым и я все свои амбиции вложила в него... Как будто я хочу сделать свою жизнь за его счет! Эмка, мне больно, мне так больно в груди... Скажи честно, я — для себя?.. Нет, не говори, я знаю — я для него, я все для него...

Фира плакала так тихо, так не похоже на себя — она ведь всегда смеялась громче всех, кричала в злости громче всех, была самой яркой, сильной, солнечной.

— Я сказала: «Это из-за Тани, это все твоя глупая любовь». А он сказал: «Можешь радоваться, моя глупая любовь закончилась, она меня не любит...» Разве я виновата, почему я виновата, во всем виновата...

— Любит, не любит... Они же дети, откуда им знать, что такое... любовь, — застенчиво сказал Кутельман.

Опять сидели молча, рука в руке, Фира неотрывно смотрела на дверь — как будто Лева вот-вот войдет. Кутельман молчал. Что сказать, как утешить? Ему, как и ей, бесконечно больно, бесконечно жаль всех этих лет, всех усилий, столько сил, столько надежд, и — отказ на старте. Он видел, что Фирины с Левой отношения стали другими, что злое возбуждение, обидные слова между ней и Левой летали все чаще, по всякой ерунде, он думал — ерунда, столкновение ее деспотизма и его взросления, столкновение характеров, одинаково горячих. Он любил ее горячность, ее страсть к Леве, ее материнское тщеславие. ...Дети не знают, что такое любовь, и он не знает. Он никогда не помышлял о чем-то плотском, связанном с ней, любил ее душу, но сейчас, когда каждой ее клеточке было больно, он вдруг испытал такую жаркую жалость, такое яростное желание утишить ее боль, погладить ее, прижать к себе, что впервые за годы его любовь вдруг проявилась как откровенно плотская... Нельзя, чтобы она заметила его желание.

Как любой человек, до последней откровенности говорящий о самом больном, Фира рассказала не всю правду, сместила кое-какие акценты, а кое-что оставила для себя, — то, что она скрыла, было слишком больно, слишком интимно, как говорят дети — «это уж *слишком*». На самом деле Лева сказал: «Она меня не любит из-за тебя».

...С чего началось? Что было сначала, а что потом? Сначала ее сумасшествие, потом математика, или сначала математика, а потом Таня? Или все смешалось и не разделить?..

Зимние каникулы, математический лагерь — Фира тосковала без Левы, отвернувшись от мира, смотрела на обои с цветочками, как будто сквозь цветочки проступало прекрасное лицо ее малыша, а когда Лева материализовался из цветочков в другого, не желающего нежничать и откровенничать, *отдельного* человека, Фира подумала — «моя жизнь закончилась». В определенной степени она была права, ее прежняя жизнь закончилась — они с Левой были больше не одна душа.

Как Лева — *новый* Лева — себя вел? Прекрасно, замечательно! Больше никакой залихватской подростковой пляски по ее нервам — пришел-ушел-выпил-не-позвонил, никаких нервных вскриков «не вмешивайся, сам разберусь, это моя жизнь», никаких стандартных мальчишеских прегрешений, ничего, что можно было бы предъявить ему в качестве претензии. Ничего, что можно было бы обдумывать, содрогаясь в желании действовать, бежать, спасать, — жить им, только им, как жила всегда.

По общепринятым меркам Лева вел себя прекрасно. На что это было похоже? На самое страшное. На зубную боль, тупую, с внезапными резкими приступами, от которых на миг теряешь сознание. На то, что тебя разлюбили. Вот оно, на-

23

конец-то, — это было совершенно так же, будто разлюбил мужчина.

Что было? А что бывает, когда разлюбит мужчина? Вроде бы все то же, но — был ласков — стал сух, был открыт, хотел часами говорить о себе — стал неоткровенен. Левина прежняя мимолетная грубость, нервность означали, что ее, во всяком случае, замечают, не отвергают, мимолетная грубость сменялась мимолетной же нежностью. А новый Лева вежливо оберегал свою отдельность, как будто принял решение — с прежним покончено. Все прежнее, дорогое, и мгновенное понимание в глазах, и внезапная улыбка, и глупенькие нежности — чмок в нос, и словечки — все ушло.

«Что я сделала неправильно?» — спрашивала себя Фира. И действительно — что она сделала? Может быть, их отношения были *неправильные, слишком близкие*? И близость достигла пика, с которого только вниз, и Лева избегал ее, как избегают человека, с которым позволили себе излишнюю откровенность? Или все произошло, как только и может быть в любви, — отдаление неизбежно через месяц, через год? Но бедная Фира, каждый раз она изумленно думала «господи, как больно», но Бог придумывал для нее все новые муки, и всякий раз оказывалось — то была не боль, а вот сейчас уже невыносимо больно. Так крепко они с Левой были друг к другу пришиты, что разрыв был труден, Лева отходил от нее, оставляя на ней раны, — про себя она так и называла это — «разрыв», как в любовных отношениях.

О самом своем душевном-интимном Фира привыкла говорить с Левой, но их «разрыв» был именно то, что она не могла с ним обсудить, и, помучавшись в одиночестве, она поделилась «со всеми», намеренно легко, со смехом, как человек, который и насмешкам подвергнуться боится, и поддержки хочет, и надеется — а вдруг что-то умное скажут.

Таня и девочки Смирновы маленькими играли в смешную девчачью игру — передавали по кругу листочек, на котором, не видя, кто что написал прежде, отвечали на вопросы «кто?», «где?», «что делали?», «что сказали все?» и так далее; получалась забавная ерунда, к примеру: «Ариша и Виталик на уроке математики кусались, увидела Фира Зельмановна и сказала "мяу!"». ...Что же сказали все?

Илья сказал:

— Знаешь, чем отличается еврейская мама от арабского террориста? С ним можно договориться. ...А чем отличается еврейская мама от ротвейлера? Ротвейлер когда-нибудь может отпустить.

Кутельман сказал:

— Лева к любой ситуации относится как к даче, он обозначил новые условия, это честно

Фаина сказала:

— Фирка, ты дура! Ты хочешь, чтобы Лева до старости играл с мамочкой в палатку? И басом шептал свои секреты?.. Он взрослый, понимаешь? Пусть теперь Таня его слушает... Смешно, они в одной ванночке купались, а теперь — романы, гормоны, первая любовь...

Фира кивнула — я дура, Лева взрослый, гормоны, романы, первая любовь, пусть Таня... Таня, что Таня? ...Таня?!

Как говорила Фирина мама, узнав о кознях своих соседок по коммуналке: «От-т тут-то мои глаза и открылися!»

Глаза открылись, вернее, открылись уши. Тем же вечером Лева разговаривал с Таней по телефону — номер телефона в квартире был один на всех, но аппараты стояли в комнатах почти у всех жильцов, и Лева разговаривал из Фириной комнаты. Фира по-новому внимательно прислушалась и тут же обиделась на него, как девочка на мальчика. Он что-то рассказывает — Тане, смеется — Тане, голос напряженный, взволнованный голос, и взгляд у него то туманный, то горячий, и все это — Тане?! Из-за Тани нарушилась их такая тонкая, такая нежная связь! ...Но разве то, что у него роман, должно отодвинуть его от мамы?!

Лева все говорил и говорил, Фира кружила вокруг, знаками давая понять, что телефон в комму-

26

нальной квартире один на всех жильцов, и вдруг — стыдно, не верится, что она это сделала, — подскочила, нажала на рычаг и не своим голосом произнесла не свои слова: «У тебя столько их будет, а мама одна!»

Сколько раз она смеялась над анекдотами Ильи про еврейскую маму и сына, между которыми никак не разорвется пуповина? Сколько раз в этих анекдотах звучала фраза «У тебя столько их будет, а мама одна»? Фира сама услышала в своих словах преувеличенно еврейский акцент из анекдотов, отметила свою неожиданно характерную местечковую интонацию «руки в боки» — как будто она не интеллигентная женщина, педагог, коренная ленинградка, а только вчера приехала из Винницы, но... Да наплевать на акцент, наплевать на неприличность, наплевать на анекдоты, господи боже мой, у тебя столько их будет, а *мама одна*.

Лева снисходительно улыбнулся: «У меня больше никого не будет, только Таня», и Фира едко улыбнулась в ответ: «В твоем возрасте всем так кажется, а потом будет самому смешно...»

Как она себя вела, что делала! Говорила гадости. Гадости были умные, не очевидные, а словно оброненные невзначай, намеками. Сравнивала Таню с другими, объясняла ему, что он принц, а Таня... Таня не принцесса. Вот, к примеру, Алена Смирнова — яркая, сильная, необыкновенная. Конечно, она относится к типу опасных женщин, но это и хорошо, отношения с ней — это закалка души, после нее сам черт не страшен. Или Ариша — вся нежность, романтика, глаза как звезды. Или... или девочка из его класса! В матшколе девочки, нужно признать, некрасивые, но есть одна, маленькая, веселая, в очках, — прелесть! В умных девочках есть свое обаяние, да и интересы у вас общие — математика.

Но Таня! Таня, она же родственница, *бедная родственница*. Конечно, не в материальном смысле, в материальном смысле Кутельманы намного превосходят, но кто говорит о деньгах! Таня — бедная родственница по ее качествам. Взять хотя бы внешность. В детстве она была совсем некрасивой: кудряшки-пружинки, длинный нос. Сейчас стала немного лучше — видишь, я совершенно объективна. Хотя нос, конечно, никуда не делся. Кстати о носе, нос растет всю жизнь. Лучшему мальчику полагается лучшая девочка, а Таня, объективно говоря, не лучшая — обычная, никакая. Если она тебе нравится, что ж поделаешь... но я думала о тебе лучше.

«Мама?.. Мама!..» — испуганно говорил Лева, как будто заслонялся от нее руками, но Фира продолжала, умно, озабоченно, не переходя границы, — и совершенно неискренне. Высокая, тонкая, как прутик, Таня ей внешне нравилась. К десятому классу ее светлые пружинистые кудряшки не распрямились, длинный нос не укоротился, но, как говорил Илья, «на ее лице большими буквами написано "умна, смешлива, никогда не была красива, но всегда была чертовски мила"». Но Фира Таню не хотела!

Казалось бы, хорошо, что первый роман, первые отношения, все происходит... как бы это сказать... дома, среди своих. Таня не станет помехой в подготовке к олимпиаде, она знает, что именно сейчас решается его судьба. Кто может быть лучше, чем своя родная девочка, свой ребенок? Она *никого* не хотела: ни чужих Алену с Аришей, секретарских дочек, ни свою Таню, ни чужих, ни своих. Таня попалась ей под горячую руку, оказалась первой, первой любимой после мамы, но ей казалось, что не хочет именно Таню. *Нет*. Ни за что.

Не такой Фира была человек, чтобы тихо переживать, такие бурные эмоции оставить при себе. Фира реагировала на Левин с Таней роман как разлюбленная женщина. Недоумевала, заглядывала в глаза, обижалась, фыркала, хитрила... Неловко рассказывать, на какие опереточные хитрости она пускалась. Как-то раз Лева пришел домой, а Фира, услышав, как хлопнула входная дверь, разлила валерьянку. Запах валерьянки, на столе прибор для измерения давления, и весь этот театр для того, чтобы Лева спросил «мама, что с тобой?!», чтобы испугался, что может ее потерять, чтобы увидеть

29

ужас в его глазах, понять — он еще ее любит...
А как еще понять? Ведь сына не спросишь, как спрашивают охладевшего мужчину, испуганным жалко-кокетливым голосом — ты что, разлюбил меня?..

На любые предложения провести с ней время был ответ «мы с Таней», а ведь раньше он так любил ходить с ней в театр, в кино, в Эрмитаж, и какое это было счастье — вместе испытывать одинаковые эмоции, коснуться его руки: «Ты здесь, малыш?» — «Я здесь, мама...». На все попытки восстановить близость с использованием прежних крючков и приемов она получала в ответ невзгляды, неулыбки, скучливое «нормально», снисходительное «нет» — все жаворонки нынче вороны... Изредка Лева привычно заглатывал ее приманки, но доверительный разговор был — «мы с Таней, Тане нужно, Таня хочет, Таня сказала...». Зачем Фире *такой* разговор?! Фира боролась, отступала, одерживала крошечные победы, не победы — победки, опять отступала и наконец впала в отчаяние. Лежала ночью и думала: «Я его люблю, а он меня нет».

Это было сначала, а потом они начали ссориться из-за математики. Или сначала — математика, а потом Таня?.. ...Иначе отчего же Фира, мама гения, мгновенно превратилась в маму двоечника? Начала следить, *как* там у него с математикой. С математикой было все прекрасно. Но Фира следила. Однажды следила за ним в буквальном смысле, по-шпионски шла за Левой по Фонтанке и с облегчением вздохнула, когда он повернул на Невский, во Дворец, в кружок.

«Математика, олимпиада, в этом году олимпиада в Будапеште, это соцстрана, у тебя есть шанс, Гриша Перельман поедет и победит, сколько ты решил задач?!» — кричала Фира, прорываясь в Левину комнату. Лева сидел за столом, не оглядываясь, не поднимая головы. Она кричала: «Посмотри на меня!», он поворачивался, смотрел. Но лучше бы не смотрел! Фира считывала в его глазах «мама, уйди!», заходилась от обиды и опять кричала: «Сколько ты решил задач?! Олимпиада, Будапешт не Америка, победа, университет, матмех, твое будущее, победа... Гриша Перельман победит... Что это у тебя на столе — не математика? Стихи?! Почему стихи, почему не математика?! Сколько ты решил задач?! Математическая олимпиада — это спорт, чтобы победить, нужна воля к победе, а где ты был вчера после школы до вечера? Ах, гулял... ах, с Таней!.. А в субботу ходил в кино — с Таней, но как же олимпиада?! Сколько ты решил задач?!»... Лева вылезал из-за стола, демонстративно ложился на кровать, лежал, закинув руки за голову, глядел в потолок. Фира стояла в изножье кровати, в этой комнатке-кладовке она не могла продвинуться дальше — как у Винни-Пуха, заст-

31

рявшего в норе Кролика, торчал наружу зад, так Фирина попа торчала из Левиной комнаты в коридор. Со стороны эта сцена могла показаться комичной. И также могло показаться смешным, что в семье гения теперь все время звучало прежде неслыханное — занимайся, занимайся, занимайся! Занимайся, Левочка! Ты занимаешься, Левочка? У нас одна цель, Левочка!..

В хорошем настроении Лева называл все это «контроль, бессмысленный и беспощадный», в плохом рассудительно говорил «я из-за тебя возненавижу математику». Было и совсем стыдное, казалось, невозможное между ними.

— Ты в кружок, Левочка?

— Нет, я к Тане. Тане нужно алгебру сделать.

— Нет! Ты не пойдешь! Ты... тебе нужно заниматься, — решительно сказала Фира.

Выкрикнув «Я ненавижу математику!» — прозвучало как будто «я тебя ненавижу!» — Лева ушел, а Фира осталась за дверью с опрокинутым лицом и в закрывшуюся перед ней дверь, на всю квартиру, на радость соседкам, выкрикнула глупое: «Никто не смеет так со мной разговаривать!»

Если бы Фира увидела такую сцену в кино, она, педагог, не чуждый психоанализа, сказала бы, что мать ведет себя как брошенная любовница, строит отношения с сыном как с мужчиной, сама провоцирует сына на неповиновение, проверяя, насколько еще сильна ее власть. Реакция на измену может быть двоякой: слабые женщины становятся еще слабей, затихают, сильные реагируют агрессивно, им нужно показать свою власть, подавить, контролировать, чтобы у него земля под ногами горела! Умница Фира, но... это для других, а для себя — ночью раскаивалась в сделанных днем глупостях, а днем в полную силу прорывалось ее властное желание быть любимой, самой любимой, а если ее не любят — подавить.

Стыдные сцены повторялись все чаще, и поводом могло послужить что угодно, а иногда и повода не было. Лева кричал, и она кричала еще громче, она плакала, он просил прощения, она плакала еще сильней, просила прощения и страстно шептала «не знаю, что со мной». Мирились и затем опять — на любое упоминание Тани она зажигалась как спичка. Если бы ее ученики увидели ее дома, они не узнали бы энергичную красавицу Фиру Зельмановну в этой то плачущей, то кричащей, то изо всех сил сдерживающейся женщине-истеричке... Она вела себя как истеричка.

Фирина мама Мария Моисеевна хоть и не верила в Бога, но часто говорила: «Никогда не знаешь, как Бог накажет». Бог наказал Фиру изобретательно, на ее же поле.

За свою женскую жизнь Фире ни на мгновение не пришлось почувствовать себя отвергнутой:

в юности, когда раздают оценки красоте, она была «самая красивая», во взрослой жизни, определяющей женский успех уже не количеством влюбленных, а качеством имеющейся любви, в любви никогда не унижалась и не унижала, самая любимая, богачка, владеющая самым прекрасным на свете Левой, главным мужчиной в ее жизни, красавцем Ильей, умницей Кутельманом. Но зато теперь!.. За время Левиной любви к Тане она прожила полноценную женскую жизнь: поруганная любовь, предательство, унижение и почти смирение — пусть будет соперница, только пусть он и меня любит. Никогда не знаешь, *как* Бог накажет, но уж точно шлепнет по самому больному.

Возвращаясь к математике — Левины шансы на победу были так велики, как только возможно, и сам Лева был в себе уверен, и Фира нисколько в нем не сомневалась, и все это — крики, скандалы, давление, контроль, бессмысленный и беспощадный, — было не про олимпиаду, а про любовь.

— ...Ты представляешь, она его, видите ли, не любит!.. — возмущенно сказала Фира и тут же по-детски попросила: — Только не говори Фаинке.

Кутельман кивнул. До этой ночи ситуация была щекотливая — девочки, Фира с Фаиной, любят друг друга, как родные по крови люди, а Фира Таню не хочет. Встречаясь на воскресных обедах, Фира с Фаиной смеялись, и как всегда он физически ощущал их любовь друг к другу, девочки говорили о работе, о Левиных успехах, обо всем, но ни слова о главном — о романе детей. Такая уж Фира, серый кардинал, управляет всеми, как кукольник куклами, и неприятную для себя ситуацию с блеском разрешила: она отношения детей не заметила, значит, отношений нет. Фаина не обижалась, она умеет быстро понимать, чего хочет Фира, — нет романа, так нет.

Почему, может быть, девочки ненормальные? Ну... все немного ненормальные, а между ними с детства установилось — Фира заказывает музыку, Фаина пляшет. Такая долгая история между ними, слишком долгая, чтобы разобрать все ниточки по одной. Фаина любит подругу, возможно, самой страстной безоглядной любовью, на которую способна, и у нее, очевидно, есть некоторое чувство вины за нынешнее, так ярко неравное положение. У одной достаток, карьера, квартира, муж профессор, у другой долги, коммуналка, муж-неудачник. Бедная Фирка, она руководствовалась в жизни простым правилом: за каждым плохим поступком следует наказание, за хорошим награда. Но где *ее* награды? Фира, так страстно боровшаяся за правильность жизни, за все, что Фаине досталось без усилий, во всем проиграла, и от ее усилий ничто не зависит, хоть разбейся: Илья не защитится, отдельной квартиры не будет. Дело не в вульгарной зави-

Елена Колина

сти, Фирка независтливая, не мучается их материальным достатком, здесь другое — растерянность бегуна, взявшего правильное направление и уткнувшегося в стенку носом. ...Но как-то они между собой установили равновесие: у Фаины есть все, чего нет у Фиры, зато у Фиры ребенок — гений.

Лева — ее реванш, главное достижение, и что же, лучшее, что у нее есть, вот так просто взять и отдать? Ведь у Фаины и так есть все... а теперь еще и Лева?! Это как будто незаслуженно разделить чужой успех. Кутельман усмехнулся — если бы его мысли были открыты Фире, она убила бы его, разорвала на части — как можно подозревать в ней такую гадость! Но это не была гадость, просто жизнь, и все ли *его* мысли так красивы, чтобы в любую минуту он мог открыть их людям? Он любит ее всю, со всеми ее чувствами, явными и подсознательными, красивыми и не очень... Месяц назад они с Фаиной болели гриппом, и Фира, заразившись от них, заболела. И кто с температурой под сорок брел по их квартире, держась за стены, с чаем ему и Фаине, кому температура не температура, кто *всегда может*?

Ну, а «не говори Фаинке» означало: Фира не хочет, чтобы Фаина знала, что у блестящего Левы проблемы, что у нее плохо в том единственном, что всегда было прекрасно... Вот бесовское самолюбие! Маленькая моя, погрузневшая, с яркой, седой

36

в черных волосах нитью... Бедная, маленькая, за целую жизнь не заметила его любви, ведет безуспешную битву за первое место в Левиной жизни... Если бы Таню нужно было вынести из огня, Фира бы вынесла, если бы нужно было отдать ей последнее, отдала бы все... Все, но не Леву.

— Эмка! Ты не будешь молча смотреть, как он рушит свое будущее! — энергично сказала Фира.

— Но что я могу сделать?..

Беспомощная интонация напомнила Фире Илью, и она досадливо вздохнула — мужчины... даже самому лучшему из них приходится говорить, *что он может.*

— Ты поговоришь с Таней. Таня скажет ему, что она его любит. И заставит поехать на олимпиаду. Скажет, что будет любить его, только если он поедет.

Кутельман улыбнулся. Слава богу, пришла в себя! Ну, Фирка, ну, молодец! Ведет себя как хороший полководец: отступает, но не сдается. Мгновенно признала легитимность этой детской любви, смирилась с Таниной ролью в Левиной жизни, с тем, что она уже не первая, и хочет временно передать Тане свои функции — велеть, запрещать, любить, торговаться... В ее голосе всегдашняя уверенность, что все, что она хочет, — можно.

— Но как же?.. Разве мы можем вмешиваться?.. Просить, велеть... они же не марионетки... Если она его не любит?.. Тьфу, черт, Фирка, почему мы должны в этом копаться? Я сам с ним поговорю, убежу его, убежду... тьфу, черт!

— Эмка, нет! Попроси ее! Заставь! Пусть скажет, что любит!.. Она хорошая девочка, послушная девочка... Она его заставит, я знаю, я чувствую, я же мать!.. Эмка, пожалуйста!..

— Но... все же это как-то... Смотри, светает...

Кутельман подумал: «Вот и прошла сиреневая ночь, наша ночь любви» — и тут же стыдливо поморщился. Больше всего на свете он стеснялся пафоса, даже мысленного, особенно мысленного. Наверное, он мог бы сказать «люблю», но даже мысленно всерьез произнести «ночь любви» — фу!.. Чем думать глупости, лучше он сделает глупости — поговорит с Таней. Вот уж очевидная глупость, но с Фирой не поспоришь.

Но это была ночь любви! Единственная ночь любви в их стерильных отношениях, единственный раз, когда на долю секунды между ними возникло любовное напряжение, профессор Кутельман впервые почувствовал *практическое* влечение, и Фира — пусть она не успела заметить, что она ему ответила, — но она ответила! Но, конечно, дело совсем не в этом — если Кутельман и молился богу любви, то, как Цветаева, другому богу любви, не Эросу, и Фира молилась другому богу любви. Всю ночь они просидели, держась за руки, как будто Лева их общий ребенок, воплощение их любви, почти не разговаривали, перебросятся фразой и опять замолчат, Фира скажет полуфразу, он кивнет, — вот такая ночь любви.

— ...Эмка?.. Знаешь что? Я не могу жить без тебя... — сказала Фира.

Иногда слова имеют прямой смысл, ее «я не могу жить без тебя» означает не «я тебя люблю», а именно «я не могу жить без тебя». Кутельман кивнул, рассеянно, чуть заметно, как будто в автобусе пропустил вперед незнакомую женщину, и в ответ на ее «спасибо» кивнул — не стоит благодарности.

Альтернативный фактор

— Таня, вставай, тетя Фира пришла, — позвала Фаина.

Фира пришла вслед за Кутельманом, он не успел выпить кофе, как она уже звонила в дверь. Раннее утро не самое лучшее время для создания и разрешения драматических ситуаций, но Фира не могла ждать. Как она вообще могла доверить Кутельману такое важное дело?! Эмка будет медлить, а решившись наконец, начнет мямлить, в общем, все будет не то и не так. Лучше она сама — и нельзя терять ни минуты. Лева сказал «с математикой покончено» сгоряча, и чем дольше он сидит у Виталика — мальчишки пьют вино, философствуют, — тем больше сгоряча превращается в решение, в игру вступают упрямство, самолюбие — «ни за что не перерешу» и прочие глупости. Нужно подсечь дурную траву на корню, остановить Леву немедленно, пока это еще может остаться нервным выкриком... Да, так и нужно к этому отнестись, это был нервный срыв, не более того. Она вела себя глупо, глупо принимать Левины слова всерьез, глупо поддаться самолюбивому желанию скрыть эту детскую историю от Фаины, глупо ждать — нужно действовать!

Таня в пижаме, не умывшись, не причесавшись, ринулась на кухню — тетя Фира пришла!

...Фира, непривычно некрасивая, отекшая, Фаина с торжественным лицом, Кутельман с выражением лица «я тут ни при чем» сидели за кухонным столом, втроем по одну сторону, Таня, в своей фланелевой пижаме в зайчиках, стояла перед ними, как подсудимая на суде присяжных, — бедный испуганный заяц, глаза, уши, дрожащий хвост.

— Эмка! — сказала Фаина, словно натягивая резинку рогатки.

— Э-э... да... что?..

— Хорошо, я сама. Таня, мы с папой как интеллигентные люди не вмешивались в ваши с Левой отношения. Но ты ведь понимала, что мы их не одобряем?.. Когда встречаются люди равного масштаба, отношения имеют будущее, но Лева и ты — это все равно что...

Кутельман торопливо кивнул «не одобряем, не одобряем», и они с Фаиной посмотрели на Фиру, как дети на воспитательницу — съели всю кашу и ждут похвалы.

В сущности, эта история была стара как мир: мама Ромео против Джульетты, мама Левы против Тани. И бесцеремонные усилия, предпринятые Фирой для Левиного спасения, и намерение попросить за сына недостойную его Таню — все это не так уж необычно. Но кое-что все же необычно: *обе* семьи — и Кутельманы! — были убеждены, что Таня его недостойна, ее собственные родители искренне считали, что ей досталось то прекрасное, что не могло принадлежать по праву, что Лева и Таня «все равно что...». Что? Гора и пылинка, великан и козявка, гений и тупица тряпочная? Не часто встретишь родителей, убежденных, что их ребенок недостоин любви.

— Тетя Фира нам рассказала. Из-за твоих «любишь-не-любишь» Лева так расстроился, что не поедет на олимпиаду. Нам с папой стыдно за тебя. Ты нас подвела, всю семью. ...Не стой с открытым ртом.

Кутельман, которому на этом процессе досталась роль адвоката, взглянул на Фаину с упреком.

— Не нужно ссориться, мы все и без того расстроены. Таня и сама понимает, что девичьи капризы не стоят Левиного будущего. Ну... э-э... Таня, ты

41

должна убедить Леву, чтобы он поехал на олимпиаду... Уф-ф, все. ...Я сказал?.. Я сказал. Я все сказал, что вы хотели. Можно я пойду работать?.. Девочки, Фирка, Фаинка, отпустите меня... Мне нужно написать отзыв на диссертацию.

Только теперь Таня окончательно проснулась, проснулась и прошептала:

— Как не поедет?.. Я не хотела, честное слово, не хотела! Я не думала, что он... Я сказала ему... Ну, неважно, это наше личное...

— У Левы нет ничего личного, отдельного от меня, — вскинулась Фира. Это прозвучало чрезвычайно глупо, и Кутельман посмотрел на нее с мягким упреком, и Фаина кинула на нее жалеющий взгляд, как приласкала, и Таня протянула — «ну те-етя Фи-ира...».

Лет до трех Таня любила Фиру больше мамы: мама блеклая, а тетя Фира разноцветная, тетя Фира обнимала крепко, кричала «или ты все съешь, или я тебя убью!» — в Тане начинали бурлить счастливые пузырьки, смешинки скакать, — сердилась, опять обнимала. Считается, что это типичная еврейская мама, то орет страшно, то ласкает жарко, но как же Фаина — еврейка, из той же коммуналки? Она, как известно, типичная китайская мама. Уходя от Резников, китайская мама свою дочь от еврейской мамы отдирала: Таня, не смея кричать, вцеплялась в Фиру и молча висела, Фаина

42

снимала ее с Фиры, как яблоко с яблони. Фира и с подросшей Таней обращалась так же: истово кормила-ласкала-орала, могла посадить к себе на колени, прижать, тут же рассердиться, спихнуть, накричать, она же ей как дочка, — и ничего не было слаще, чем быть Фириной как дочкой.

Поняв, что у Левы с Таней роман, Фира не перестала Таню кормить, она перестала на Таню смотреть. Не замечала ее так искренне, что, казалось, вот-вот спросит «а это кто?», а случайно споткнувшись об нее взглядом, начинала разглядывать, придирчиво, как чужую, как будто не рассмотрела ее еще в пеленках. Между Таней и Левой это называлось «она впала в детство», и действительно, Фира как будто стала маленькой, а они взрослыми. Таня очень старалась на тетю Фиру не обижаться, и это было бы легко, если бы Таня перестала ее любить, но она не перестала.

— Что ты ему сказала? Важно каждое слово. Скажи точно, что ты ему сказала, — голосом полкового командира требовала Фира.

— Но... тетя Фира! Как я могу сказать... Я никогда не смогу сказать...

— Она стесняется, ей неловко говорить... Фирка?.. — Не отпущенный работать Кутельман как будто переводил с Таниного языка на Фирин, но Фира сейчас не знала никаких слов, кроме «спасти Леву».

43

Фира без труда вытащила из Тани то, что та «никогда не сможет сказать». Надо заметить, Таня почти не сопротивлялась — ей было страшно. Если их с Левой отношения вдруг стали важным общесемейным делом, она *должна* рассказать, и они вместе решат, что делать.

— ...Я сказала: ты для меня прочитанная книга, ты запрограммирован на победу, ты не способен на порыв... И еще: я тебя больше не люблю.

— И все?.. Господи боже ты мой, а я уж думала! ...А почему это он не способен на порыв? А драка, помнишь драку?.. Ну, ладно, скажешь ему, что любишь, и все, — велела Фира, и Таня посмотрела на нее дикими глазами, тетя Фира так яростно ее не хотела, а теперь строго требовала отчета «эт-то что такое, почему не любишь?!», и как будто расхваливала Леву, просила ее за него... Ее за *Леву*?..

— Нет, — сказала Таня, и Фира удивленно на нее посмотрела — что нет, когда да?

Она размышляла: почему Лева сказал «она меня не любит из-за тебя», потому что унаследовал привычку Ильи, у которого она была всегда во всем виновата? Или считал, что она запрограммировала его на победу? Но воля к победе — прекрасно, правильно...

— Тетя Фира, не сердитесь, я все сделаю, я скажу, чтобы он ехал, чтобы он не бросал математику, но как я могу сказать «я тебя люблю»? Это обман.

— Да ты его любишь, любишь!.. Не может быть, что не любишь, кого же тогда любить?!

— Я его люблю, но не так, а как в детстве... Я не могу, это обман. Это невозможно. ...Я люблю другого человека.

Таня стояла перед самыми своими близкими людьми, вид у нее был самый комичный: правую руку она рефлекторно прижала к груди, а левой сжимала пижамные штаны, штаны сползали, она подтягивала их рукой, они опять сползали... Стояла перед родителями и Фирой, придерживая штаны с зайчиками, и твердила про себя «люблю, люблю, люблю...». Ей было семнадцать, и она не понимала, как можно сказать «люблю» без любви, и, как у всякого романтического подростка, у нее было трагическое мироощущение, в эту минуту она верила, что всю жизнь — всю жизнь — будет любить этого мальчика, бедного погибшего мальчика с его прекрасными стихами.

— Другого человека?! — Фаина взвилась, как будто Таня изловчилась и укусила ее через стол. — Ты член семьи, это — семья, это — Лева, а ты любишь другого человека?! ...И кого это, интересно?! Как вообще психически здоровый человек может говорить, что любит того, кого нет! А как психически здоровый человек может вести себя, как ты вчера... Я даже рассказывать об этом не могу... Фирка, представь, я вчера вхожу к ней и знаешь

45

что я вижу — она стоит перед зеркалом голая и в шляпе. Стоит голая, в чужой грязной шляпе, и мечтает о небесных кренделях...

Таня на секунду задумалась — может быть, она и правда сошла с ума? Вчера вечером она разделась и хотела надеть пижаму и вдруг заплакала — и надела его шляпу. Надела шляпу и замерла перед зеркалом, представляя, как будто он стоит за ней, как будто это кино и его просто не видно в кадре.

Когда Алена привела Таню домой, она висела у нее на руке, как тряпичная кукла, не могла ни плакать, ни говорить, и Алене пришлось объясняться с Фаиной. Аленин рассказ был чудесным образцом дипломатии и весь состоял из простодушного «случайно»: мы случайно слушали одного поэта, он случайно выпал из окна...

Внимание взрослых ненадолго переключилось на Таню — Лева хочет испортить свою жизнь из-за нее, а она из-за человека, которого нет в живых.

— Ты что, еще глупей, чем мы думали? — спросила Фаина и сама себе ответила: — Да, ты еще глупей, чем мы думали!.. Ах, он ушел в другой мир из-за непонимания... Твой поэт погиб не от непонимания, а от наркотиков и алкоголя! Я специально консультировалась, это характерный синдром наркотического опьянения!..

Бедный заяц с припухшими со сна глазами, бедная Таня, это была ее История Любви — поиск, обретение, потеря... Смерть от наркотиков превращала Поэта в наркомана, а любовь в медицинский случай. Таня резко согнулась, как будто Фаина выстрелила ей в лицо. Ей бы развернуться, выбежать, хлопнув дверью, но она никогда не была способна к резким движениям, ни в прямом, ни в переносном смысле. Кутельман поморщился — что за театр одного актера в его доме, и действительно получилось театрально, и Танина роль в этом спектакле была — Пьеро, его пинают, он плачет.

— Таня, для нас главное, чтобы Лева остался в математике. У него редкий уровень абстрактного мышления, он мог бы достичь успеха в самой трудной области — в топологии. ...Ты же понимаешь, кто Лева, а кто ты... Ты моя дочь, должна понимать... из этого следует... именно поэтому... что и требовалось доказать...

— ...Нам с папой за тебя стыдно... ты подвела всех нас. Три взрослых человека тебя просят, а ты!..

— ...Ты член семьи и должна соблюдать интересы семьи.

Таня не плакала, не раздумывала, не чувствовала ничего, она будто смотрела кино. Папа смотрит на свою дочь с удивлением, она кажется ему самодовольной и наглой... Для папы это очень важно —

47

Левино великое будущее, великая математика, для нашей семьи это настоящая трагедия... Мама смотрит на свою дочь с ужасом, тетя Фира рассердится на маму, и что она будет делать без этой дружбы, которой столько же лет, сколько ей самой? Тетя Фира смотрит страстным взглядом так, что остается только одно — разбиться в лепешку и сделать все, что она велит...

...И вдруг как будто плотину снесло, Фира вскочила и пошатнулась, еще секунда, и она, казалось, упадет.

— Таня! Просто скажи, скажи Леве, что ты его любишь! Ему нужна олимпиада, он же не поступит в университет, он же еврей! Просто скажи, что любишь!.. Ты же хорошая девочка, послушная девочка, скажи, что любишь! Обмани его, обмани, а потом, когда Лева победит, потом — люби своего поэта!

Таня кивнула — конечно, хорошо, как вы хотите.

Таня кивнула, и так велика была сила семьи, что, привычно согласившись сделать все, что они хотят, она почувствовала облегчение — она хорошая девочка, послушная девочка, она обманет и будет любить Поэта потом, когда они разрешат, Поэту ведь все равно, его все равно нет...

— Ну, все, слава богу, разговор окончен, — сказала мама. — И пожалуйста, больше без этих романтических глупостей. Помни, что Лева — это Лева, у него блестящая судьба, а ты обычная, ничем не примечательная девочка. И между прочим, этому есть еще одно подтверждение — письмо из редакции «Юности».

— Мы не читаем твой дневник, не думай... Это произошло случайно, мама думала, что это какая-то моя официальная бумага, — заторопился Кутельман.

Письмо из редакции пришло, когда Таня уже перестала ждать, ходила после гибели Поэта как автомат. Как на автопилоте, после школы побрела на почту и, как на автопилоте, сделала несколько танцевальных движений на слова почтовой девушки «танцуй, тебе письмо!».

Ответ из редакции «Юности» был настоящая рецензия, на двух страницах. Некая Журавлева Т. С. отметила искренность, живой язык, удачные метафоры, название, которое «сразу притягивает взгляд», и юмор. Написала, что рассмешить читателя гораздо труднее, чем заставить плакать, а Тане удалось ее рассмешить. Она даже написала, в каких местах смеялась. Написала, что в рассказе хорошо раскрыта проблема юношеского одиночества. Напечатать рассказ в журнале нельзя — проблема юношеского одиночества раскрыта хорошо, но показана на примере крайне незначительной части населения. В стране большая часть людей не носит джинсы, и страдающая девочка, у которой нет джинсов, вызовет непонимание и раздражение. В конце было написано: «Вы способный человек, продолжайте работать». Таня повторила эти слова про себя сотни раз, сказала сама себе вслух с разным выражением, проиграла в уме множество разных диалогов, всерьез и не очень...

— Татьяна, вы способный человек...

— Ой, а я и не знала.

— Уверяю вас, что это так.

— Я не знала, но я всегда надеялась.

Она хотела рассказать родителям позже, потом, когда немного придет в себя и сможет радоваться вместе с ними. Папа всегда был к ней добр, но она знала, на сколько не оправдывает его ожиданий — на много, на целую себя, и чувствовала, как бы это сказать... чувствовала пределы его отношения к ней, и у нее была цель преодолеть эти пределы. Цель была достигнута, она сможет показать ему письмо из редакции, прочитать вслух «вы способный человек». ...Как обидно, что родители уже знают, она хотела сама подарить папе этот подарок, хотела, чтобы это был сюрприз, семейный праздник!..

Фаина улыбнулась — все наконец-то стало хорошо. Таню ввели в ум, Фира не сердится, и, между прочим, можно впредь не играть в эту Фиркину игру, что у детей нет романа. Все хорошо!

— Танечка, я прочитала, потому что это не частная переписка, а официальный ответ, а ты еще несовершеннолетняя. Мы с папой молчали, не хотели тебя обижать, не хотели подчеркивать, что у тебя опять ничего не вышло.

— Фаина, все, она не будет больше писать, она не графоманка, — сказал Кутельман.

Ему всегда было трудно сказать своему аспиранту «не то, не получилось, не вышло», в его голосе звучали смущение, жалость, неловкость, и это был *такой* голос, Таня его узнала. Но это же ее Успех...

Глупо, но через годы, через целую жизнь, до сих пор она вздрагивает от стыда, что попыталась растолковать, объяснить.

— Вы не понимаете! Там написано, что я способный человек... Там написано «продолжайте работать»! Это не отказ, это разбор, она меня хвалит! Вы прочитайте еще раз, я способный человек...

Кутельман пихнул Фаину локтем — не надо, молчи.

— Эмма, оставь. Это нужно не мне, а ей. ...Танечка, всем пишут одинаково — «работайте дальше, вы способный человек». На самом деле это означает «не пишите больше». Это просто стандартная форма отказа. Твой рассказ не взяли — это и есть ответ. Не расстраивайся, инженеру не обязательно писать рассказы.

Елена Колина

Таня бормотала:

— Нет, это не так... у меня удачные метафоры... и чувство юмора... вы не правы... Я сама про себя знаю... Человек может быть прав, только когда говорит о себе... Это Толстой сказал...

— Кто это сказал?.. — переспросила Фаина. — Толстой?..

— Козел! Козел, козел!.. — закричала Таня.

— Кто, Толстой? — рассеянно спросила Фира. Честно говоря, она немного отвлеклась от разговора и нетерпеливо ерзала, пытаясь сказать Тане, чтобы та уже шла одеваться — и к Виталику, за Левой.

Таня не знала, кого она имела в виду, кто козел. Козел было самое сильное слово, которое пришло ей в голову. Она всю жизнь хотела им нравиться. Как-то в детстве услышала, что мама говорит «у нее здоровое горло, она почти не болеет». Мама гордилась, что она не болеет, и она старалась не болеть. А теперь она хотела им *не нравиться*, вот и закричала «козел».

— Ты меня предала! — кричала Таня Фаине.

— Ненавижу твою скрипку и тебя ненавижу! — Фаине.

— Я сыграла все трели в «Покинутой Дидоне», а ты меня даже не похвалила! — Фаине.

— Стать инженером! Сама ты инженер! Я лучше умру прямо сейчас! — Фаине.

Таня кричала и чувствовала, как вместе со злостью из нее выходит страх.

52

И Кутельману:

— У тебя есть Лева, а у меня вообще нет отца! — И даже, кажется: — Подавись своим Левой!

И напоследок, перед тем как развернуться и хлопнуть дверью так, что на столе звякнули чашки:

— Я не буду любить, кого вы скажете!

Все молчали. Услышали, как хлопнула дверь Таниной комнаты, через пару минут еще раз, затем входная дверь.

— Она технически сыграла хорошо, а медленную часть сыграла скучно, я зевала, — дрожа губами, сказала Фаина.

— Нормальная мать не зевает, когда ее ребенок на сцене... — сказал Кутельман.

— Я плохая мать?! Между прочим, у нее и к тебе есть претензии...

Кутельман расстроился — конечно, за Фиру. Думал: Фира по силе своих чувств — герой античной трагедии, трагедии властного материнства, и, как у всякого героя, у нее есть «роковой изъян», в греческой трагедии «гамартия». Трагический изъян характера, источник терзаний слишком активного человека из-за попытки преступить пределы предначертанного человеку, попытки повлиять на судьбу из-за угла... А Таня?.. Что Таня, она одумается, попросит прощения. Для одной ночи и одного утра слишком много было эмоций, и он с наслаждением предвкушал, что сейчас сядет за работу, как измотанные усталостью люди думают: «сейчас наконец-то лягу, засну и буду спать три дня и три ночи».

Ну, а Фирины мысли совершенно очевидны — как же теперь с Левой?! Ей было крайне унизительно просить Таню, такую незначимую в семье, за своего блестящего сына, но она просила. Ее альтернативный фактор — что будет, если она не добьется своего, — был самый сильный: Лева перечеркнет свою жизнь. Таня казалась ей бессердечной эгоисткой с придуманной любовью — ну скажи ты мальчику «люблю», пусть уже он поедет и победит и не ломает из-за тебя свою жизнь...

Фира — герой, а Кутельманы — греческий хор. Потом, когда все свершилось, Гриша Перельман уехал на олимпиаду, а Лева не поехал, и Фире, и греческому хору стало легче — какая ни есть определенность лучше, чем воспаленное сознание, когда как на горках: то надеялись, Лева одумается, поедет, то отчаяние — нет, не поедет... У Кутельманов в этой истории был сильный альтернативный фактор — они боялись из-за глупой истории с детьми потерять Фирину дружбу. Бедная Таня с ее придуманной любовью к Поэту в этом клубе «любви и дружбы» — пешка. Но и у нее был свой альтернативный фактор — потеря достоинства. Что же, ей так и быть пешкой?

Остается вопрос — *как* такая история могла случиться в интеллигентной семье?

Но если подумать, это именно что очень интеллигентская история: заставить полюбить ради математики... Профессорская дочка и рокер, непризнанный гений с печатью смерти, и — все для детей, скрипка, математика — математика как самое прекрасное в мире... и заставить полюбить ради математики, почему нет?..

— Эмка, Фаинка, не ссорьтесь... Я пойду?.. Илюшка, наверное, проснулся, а меня нет... — сказала Фира.

Ну, а Илья, как обычно, все самое неприятное проспал.

ДНЕВНИК ТАНИ

30 апреля

Алена меня спасла. Мне стало слишком много всего плохого: и Поэт, и их предательство, и что они меня никогда не любили. Господи, Алена! Сколько же нужно иметь благородства, чтобы рассказать все это про себя, ЧТОБЫ МНЕ ПОМОЧЬ, чтобы я поняла — бывает такое, что нужно сжать зубы и терпеть.

Я сказала Алене: «Моя жизнь кончена, они меня никогда не любили». Алена фыркнула.

Я сказала: «Моя жизнь кончена, я всегда буду любить Поэта». Алена фыркнула.

Я сказала: «Я правда больше не хочу жить».

«Знаешь, почему я стала валютной проституткой?»

Я машинально сказала «нет» и вдруг поняла, что она сказала. Алена — проститутка?!

Она раньше рассказывала мне, как нормальные девочки, студентки, становятся валютными проститутками. Это или шантаж КГБ из-за какой-то провинности, или подстава на деньги, или все вместе. Например, девочка покупает джинсы в туалете Гостиного Двора. Ее ведут в милицию, по дороге подсовывают в карман 10 долларов. Пугают: «Сообщим в институт и родителям на работу, и кстати, у тебя есть брат, ему пора в армии послужить... Но ты можешь искупить свою вину. Как? Нужно войти в доверие к одному человеку, притвориться проституткой, переспать с ним, тебя не убудет, еще и денег заработаешь. Только не надо разыгрывать трагедии, всего один раз...» Девочка — думает «ладно, один раз...» — но один раз не бывает, коготок увяз — всей птичке пропасть.

Но Алена! Причина, по которой Алена стала проституткой, идиотская, немыслимая, так не бывает!

Алена сказала, что она проститутка для тех, кому нужна девственница. Она рассказывала, а я сидела как во сне!

У нее было пять клиентов. Первый был японец. Ему нужно было, чтобы Алена плакала и боялась.

Заплакать Алена не смогла, а боялась по-настояще-му. Японец так хвалил Алену Капитану, что тот ска-зал Алене «ну, ты просто Комиссаржевская». Я не сказала Алене ни слова про Капитана, не хотела быть как моя мама, которая всегда говорит «а я те-бя предупреждала!». Почему Комиссаржевская? Наверное, Капитан не знал других великих актрис, а рядом с «Европой» театр им. Комиссаржевской.

Второй был швед, такой застенчивый, что Але-не казалось, что на нем штанишки с помочами и сейчас прилетит Карлсон. Он хотел, чтобы у них был не настоящий секс, а как будто они дети и иг-рают в «маму с папой». Это такой комплекс, из-за него он не мог быть с взрослыми женщинами.

Два других были американцы. Один сказал, что его в школе обидела девочка из команды поддерж-ки, самая красивая, как Алена. Ему нужно было до-казать самому себе, что он все-таки занимался сек-сом с лучшей девчонкой на заднем сиденье маши-ны, он даже шептал Алене «давай разложим сиденья». А другому американцу хотелось предста-вить, что он с Мэрилин Монро, он шептал Алене «моя Мэрилин».

— Мне это много дало, — сказала Алена.

— Что?! — сказала я.

Алена сказала, что ей это дало полную власть над мужчинами. Теперь она знает про мужчин глав-ное — что даже самый успешный и прекрасный мужчина всего лишь жалкий пенис. Американец, который шептал в номере «Европейской» «давай разложим сиденья», был красив и богат, он был членом конгресса, и он был таким жалким... Все эти странные мужчины были богатыми и влиятельными. Швед, например, был знаменитым писателем, которого печатали в «Иностранке». Моя мама его любит, и тетя Фира тоже. Знали бы они! Получается, что все ее клиенты не извращенцы, просто несчастливые люди. Оказалось, что в мире столько несчастных людей! Хотя это, конечно, было неинтересное сведение для Алены, ей было наплевать на всех несчастных мужчин мира.

Алена сказала — если нет возможности спастись, нужно сжать зубы и терпеть, обдумывая планы мести. Как отомстить Капитану.

— Я его убью, — сказала Алена, — придет время, и я его убью.

А пятый клиент вообще не собирался с ней спать. Он попросил Алену сделать минет. Алена делала вид, что не понимает, стесняется, боится, а он все пригибал ее голову к себе. По договоренности она могла вызвать Капитана в случае незаконных требований клиента — неожиданно взявшийся третий человек, мужчина или женщина, садомазохистские цепи или наручники. Алена раздумывала, может ли она вызвать Капитана, и все повторяла про себя «назвался груздем — полезай в кузов... назвался груздем — полезай в кузов», и на третьем «кузове» ее вырвало прямо на этот назойливый пенис. Клиент пожаловался Капитану. Капитан сказал Алене «ты или работаешь, или нет». Это была просто фигура речи, он не имел в виду, что она может выбрать не работать. Он очень подлый и хитрый, этот Капитан. Он специально оставил ее девственницей, потому что не хотел под статью. Алена так сказала.

Господи, Алена!

Причина, по которой Алена стала проституткой, нечеловечески нелепая!

Хотя все настоящие причины нелепые и у Алены была именно что человеческая причина.

Она сказала: «У него была моя фотография в таком виде, ну, ты понимаешь... Я не могла, чтобы папа увидел меня в таком виде... Не смейся».

Я и не смеялась, чего это я буду смеяться? Я просто подумала, что Алена идиотка!

А потом я представила, как будто я — Алена. Вот я представила, что я — Алена, и мой папа, МОЙ ПАПА смотрит на МЕНЯ на фотографии. Где я распластанная, как лягушка, как в жестком порно. НЕТ! НИ ЗА ЧТО!

Я бы сделала всё всё что угодно, я бы стала проституткой, я бы умерла, только бы мой папа не увидел меня в таком виде!!

А тем более у Андрея Петровича больное сердце. А тем более он так относится к Алене, будто она икона. Ему увидеть свою Алену в таком виде невозможно, НЕВОЗМОЖНО!

Я плакала, хотя я до этого плакала целый день, и мне уже вроде бы и плакать было нечем. Я восхищаюсь Аленой, ее силой духа, ее благородством, ее преданностью. Я раньше думала, что она все свое смелое делала для себя, чтобы ей было интересно, а она принесла себя в жертву, чтобы защитить своего папу, а я бы смогла? Спасибо тебе, Господи, что я этого никогда не узнаю.

Она так долго со всем этим одна! А я приставала к ней со своими детскими проблемами.

Хорошо, что Ариша не знает. У нее очень тонкая душевная организация, несовместимая с таким знанием.

Я могу умереть за Алену, я могу... Я спросила Алену, что нам делать. Она сказала: «Больше никогда не говори, что не хочешь жить». Это прозвучало как в кино про войну, когда солдат, умирая на поле боя, говорит оставшемуся в живых другу: «Ты живи за меня».

МАЙ

Роковой изъян

Как в водевиле, где персонажи по очереди выходят, хлопая дверью, и как бы случайно оказываются в одном месте, оба, и Таня, и Лева, оказались у Виталика. Как в водевиле, как в сказке, где к

мышке-норушке по очереди стучатся лягушка-ква-
кушка и зайчик-побегайчик. Сначала постучался
Лева, за ним Таня. Но где же им еще быть? Виталик жил один, у остальных дома — родители, а
«отель» было слово совершенно из иностранной
жизни. Они сидели у Виталика, как в крепости. Таня — как волоокая царевна, Лева — как Чайльд
Гарольд, угрюмый, томный, Виталик — как мыш-
ка-норушка, хозяин теремка, хлопотливый и немного испуганный. Не ходили в школу, не выходили за продуктами, как будто, если выйдут во двор,
их схватят.

К Тане приходил Илья, а к Леве — Кутельман.
Как всегда, будто перепутали, кто чей ребенок.

Дядя Илюша сказал:

— Ну, Танька, это был твой бенефис!.. А насчет
мальчика того погибшего — плачь, Танька, реви.
А вот когда наплачешься, у тебя начнется настоящий роман.

Если бы это сказала мама, Таня бы ее не простила... Она и так ее не простила! А Илья сказал —
она задумалась. И тут же, не отходя от двери, поняла: дядя Илюша прав, она хочет горевать, но любить все-таки хочет живого человека.

— А домой-то когда вернешься, блудная моя?
...Танька?! Что мне им сказать? — спросил Илья
как-то даже восхищенно, словно позавидовал, что
она *им* все высказала.

— Лева вернется домой, а мне некуда возвращаться.

— Ладно. Еда под дверью. А деньги я под дверь подсунул, — отозвался за дверью дядя Илюша. — Смотри, рубли по полу ползут...

Лева сказал — не возьмем ни за что, а Виталик взял, купил три бутылки «Изабеллы».

Кутельман тоже беседовал с Левой через дверь. Все беседы были через дверь и с едой в газетных пакетах — посланцы, уходя, Фирины котлеты оставляли под дверью, как будто Лева с Таней были дикие звери в клетке, к ним нельзя зайти и можно только просовывать еду через прутья. Алена с Аришей таскали еду из дома, и Таня три раза в день делала яичницу со всем, что близнецы могли запихать в карманы.

Кутельман Таню не позвал, а сама она не вышла — лежала на Светланиной кровати и думала — папа никогда не простит ей, что Лева отказался от математики.

Они вообще все время проводили на огромной Светланиной кровати, лежали втроем, разговаривали, как эпикурейцы, лежа. Алена с Аришей приходили, валились рядом, лежали впятером, разговаривали, Лева иногда забывался, не замечая, что разговаривает один, но ведь он всегда говорил, а они слушали. ...Социализм на последнем издыхании, мы должны переходить к рыночной экономике... СССР находится между Востоком и Западом, поэтому буржуазная демократия неизбежна... В российской истории все повторяется, существуют циклы, любое движение протеста заканчивается реакцией... Народ нужно просвещать... Лидера нет, не старикашки же эти... Нужны личности, вот Ленин... Пусть идея дурная, но интеллект, и рядом с ним личности, Троцкий...

— Ага, настоящих буйных мало, вот и нету вожаков... Тебе не надоело: «декабристы разбудили Герцена, Герцен развернул революционную агитацию...», и всегда «страшно далеки они от народа», то есть узкий круг столичных умников типа тебя мечтает о демократии, а народу по фигу... — сказал Виталик. — Зря Ленин вас выпустил из-за черты оседлости, вам, евреям, только бы где-нибудь революцию сделать. ...Может, тебе революционером стать? За революцию не получишь Нобелевскую премию... Иди, Левка, в науку, в физику, как всякий порядочный еврей...

— Левка, у тебя правда с математикой все?.. — спросила Ариша сочувственно, как будто математика — девушка, с которой у Левы была любовь. Кто из них кого бросил — неизвестно, но все равно плохо, так долго были вместе...

— Нет, я не Гриша Перельман, я другой, — продекламировал Лева.

— Да не хочет Левка на этот матмех! В Петергоф на электричке с Витебского вокзала! Настоя-

63

щие математики все немного ку-ку, фрики. А Левка не фрик, он ого-го! — поддержал Виталик. — А может, тебе пойти в диссиденты?

Лева толкнул его — сам ты ку-ку — и серьезно сказал:

— Не хочу в диссиденты! Это не мое, я не хочу протестовать, я хочу конкретно делать для страны...

— Я этой стране ни хера не должен, — сказал Виталик.

— А я вообще никому ничего не должна, только друзьям и близким, — сказала Алена.

И понеслось... Кто важнее — друзья или родственники... А если бы твой отец оказался предателем? Каким предателем? Ну, полицаем... Каким полицаем, это же во время войны было... Будет третья мировая война... Причиной третьей мировой будет конфликт религий... Религия, русский народ, православная идея, Достоевский... Достоевский слишком мрачный... Он не мрачный, а нервный. Вот кто безысходно мрачный — это Чехов... С ума сошли — Чехов мрачный!.. Мрачный, мизантроп, вот Стругацкие настоящие оптимисты, вспомните «Обитаемый остров»...

— Нет. Мы должны, патриотизм для меня не пустой звук... — невпопад, отвечая каким-то своим мыслям, сказал Лева, и Виталик с Аленой посмотрели на него с иронической жалостью, словно он сам был героем «Обитаемого острова», попавшим на их планету, полую планету, где они ходят головой к центру шара и любая его попытка объяснить суть вещей ведет к признанию его сумасшедшим.

— А может быть, я хочу заниматься матлингвистикой... или даже филологией... или просто написать роман, — сказал Лева.

— Написать хорошую книгу и есть патриотизм, самое главное, что может человек сделать для человечества, потому что люди, читающие хорошие книги, не станут подлецами, — вступила Таня.

— Нет, количество хороших и плохих людей описывается кривой нормального распределения... Я тебе уже объяснял и кривую рисовал! Это распределение вероятностей, которое задается функцией плотности распределения, балда!..

Балда неуверенно улыбнулась. Здесь, сидя взаперти, Лева мгновенно от отвергнутого возлюбленного перешел к дружеским с ней отношениям. Ни влюбленных взглядов, ни единой попытки дотронуться до нее, ни-че-го, вот такая радикальная перемена. Это было непонятно, и Таня посматривала на Леву сначала требовательно — «что такое, ты же любишь меня!» и робко — «нет, не любишь?..» — и, честно говоря, чувствовала себя обокраденной — быть центром драмы, неумолимой возлюбленной гения, верной погибшему Поэту, — одно, и совсем другое... как бы помягче выразиться... остаться *без ничего*. Единственное объяснение, которым она располагала, было объяснение общесемейное: Лева опомнился, увидел ее трезвыми глазами, понял, что она его недостойна — все та же старая песня «кто ты, а кто он».

Записки Кутельмана

Я разговаривал с ним через дверь. Представлял, как он стоит там, за дверью, красивый мальчик, выше меня, в свои семнадцать лет он как цыпленок, только что вылупившийся из яйца. Глаза у него Фирины, но еще совсем детские, у Фирки были такие глаза, когда мы познакомились, много лет назад.

Бедный мальчик, мучает нас и сам мучается. Сказал: «Математика стала мне мала». Сказал: «Жизнь больше, чем математика» и еще: «Дядя Эмма, я не знаю, я буду думать, но не рядом с мамой». Я почувствовал недоумение, такую же обиду, как Фира.

Он уже все решил: ему не нужна олимпиадная математика. Его слова: эта дрессировка на решение олимпиадных задач не имеет отношения к математике. Более того, ему вообще не нужна математика.

Мои аргументы: безусловно, математика в некотором смысле заменяет жизнь, но для человека с его уровнем абстрактных способностей наука — это единственная возможность свободного развития.

Странная фраза им была сказана: «А может быть, я хочу заработать много денег».

Бедная Фира! Так и вижу, как она краснеет: «Какой стыд, деньги!»

Бедный я — деньги после математики! Так и хочется написать «после всего, что между нами было»! После того, что мы были с ним одно, после всей моей жизни, посвященной ему, после его жизни, посвященной математике!

Если бы он жил на Западе, где деньги такая же ценность, как успех, свобода. Но ведь мы живем при социализме, существующий порядок вещей неизменен, социализм вечен. Мы зашли в тупик, и в этом тупике останемся навсегда, во всяком случае, нам и нашим детям суждено умереть при социализме.

Но откуда в нем такой прагматизм?

Но после этого еще более неожиданное: «Дядя Эмма, я буду чего-то стоить, если откажусь от того, что умею».

Я растерялся: то деньги, то вдруг такой юношеский романтизм. Сложная личность, прагматик и романтик в одном лице. Меня как будто нет, как будто из меня вынули часть, ведь столько лет мы с ним были одно.

Но если быть честным с собой?

Если быть совсем, окончательно честным.

Бедный мальчик, бедный растерянный ребенок, а ведь мы его использовали. Мы, Фирка и я, любовались им, как прекрасным произведением искусства, как картиной, любили его талант, не обращая внимания на него самого.

А ведь я давно уже знал, что из гениального ребенка не вырастет математик! Математика требует не просто полного сосредоточения, но и длительного ухода из реального мира в мир абстрактных образов и понятий. А он при великолепных абстрактных способностях по складу личности не математик. Это тот редчайший случай, когда недюжинный талант, то есть абстрактные способности противоречат натуре. Как кисть, берущая октаву, и полное отсутствие слуха.

Я молчал, чтобы быть с Фирой одним целым. Я хотел быть к ней ближе, поэтому так любил Леву? Так я виноват?

Трудно выразить словами, что я чувствую. Беспокоюсь за него очень. Нельзя убить в себе абстрактные способности по желанию. Что с ним будет?

* * *

Потом, позже, когда Таня уже доросла до окончательно взрослого человека и соответственно до мысли, что каждый достоин каждого — или недостоин, так что рассуждать в этих категориях совершенно бессмысленно, она догадалась, и догадка была простая-препростая. Лева, так страстно желавший отделиться от мамы, что даже спутал маму с математикой, придумал эту любовь — мама не выпустила бы его из математики просто так; без любви к Тане, придуманной, страстной, ему перед мамой было не устоять, она его вернула бы к себе, заговорила, заплакала. На что только не пойдешь, чтобы вырваться на свободу от мамы!.. Конечно, все это было неосознанно, не то чтобы он взял и продумал всю интригу... Все это было неосознанно.

К тому времени, как Таня придумала это свое психоаналитическое объяснение, она уже много раз убеждалась — Левины действия, казалось бы, максимально эмоциональные и спонтанные, на самом деле всегда были частью какой-то сложной логической цепочки.

Не очень-то лестно сознавать, что тебя использовали как повод, чтобы сбежать от мамочки! Но ведь все к чему-нибудь повод, не только у Левы была подсознательная цель — сбежать, спастись, но и Тане эта история зачем-то была нужна. Зачем-то она придумала историю про поэта, которому нужен ангел-хранитель, искала его повсюду, сама назначив себя на роль ангела-хранителя, сама себя завела, инициировала свою любовь. Зачем? Как и Лева, хотела из куколки стать бабочкой, понять, что есть другие модели жизни, что она не родительский придаток, а отдельный человек? Если бы не Таня, это была бы история талантливого ленинградского еврейского мальчика, и Лева был бы сейчас профессором в Гарварде? Победители математических олимпиад, что с ними стало? По большей части это университетские профессора. Говорят, что американские университеты — это место, где русские профессора учат китайских студентов. Китайцы впереди в математике, физике, экономике и в музыке. Одна китайская девочка в шестнадцать лет уже играла Прокофьева в Карнеги-холле, правда на ее домашнем рояле обнаружили следы зубов. Кусать рояль — это сильно, и по части злобного кусания рояля Лева с Таней могли бы полностью эту китайскую барышню понять.

Все к чему-нибудь повод, даже собственные страдания — особенно собственные страдания. Через много лет Таня использовала кое-что в сценарии молодежного кино — любовная история юных — это всегда формат «поиск — погоня». Девочка ищет Мальчика, чем дольше и сложнее ищет, тем больше влюбляется. И всегда присутствует Мама Мальчика, считающая, что Девочка его недостойна. Правда, то была комедия и финал был смешной. В финале Мальчик, Девочка и Мама — в спальне, втроем. Мама закрывает форточку, чтобы ребенок в первую брачную ночь не простудился, и говорит: «Он у меня отличник, а у нее сессию провалил».

***

На майские праздники Смирновы уехали в Комарово. Поездка на дачу вдвоем была счастье, *редкое* счастье. Алена с Аришей дачу любили, дружки из дачной, детской еще компании по старой памяти висли на заборе — «девочки выйдут?..», и девочки выходили. Раньше сговаривались с дружками устроить родителям концерт, пели — стихи читали, а теперь — до утра. Но в этот раз обе предпочли остаться дома, Ариша ласково промяукала: «Вы езжайте, а я... тут... уроков много...». Алена до объяснений не снизошла, а Нине пришлось остаться, поехать на дачу *с ними* одной — немыслимо.

Ехали молча — водитель, да и всегда в машине молчали. Всегда молчали, предвкушали, как будет, по минутам: проедут мимо будки охранника, выйдут из машины, подождут, пока водитель занесет в дом продукты, отправят водителя в город и вдвоем останутся на своем кусочке земли посреди сосен, а все проблемы, вся городская суета за забором.

С того дня, когда Андрей Петрович ходил «за хлебобулкой», прошел месяц. Домой он тогда вернулся черный, швырнул на пол батон, сказал: «Я в дерьме по самое здрасьте, не спрашивай, все равно не скажу», и, конечно, она, напоив его валокордином, выпытала у него все. Такого страшного — литературного поворота событий она не ожидала, да и кто мог ожидать?.. Главой преступной группировки

71

оказался Ник, и одно это уже превратило их жизнь в кино, неожиданное его появление в садике на Щербаковом переулке — в плохое кино, но теперь... теперь — все.

Что можно делать, когда ничего нельзя сделать? Думать. Что думает человек, когда ему нечего придумать? Просто ждет. Представляет, *как* это может быть. Ольга Алексеевна проигрывала в уме варианты разной степени жесткости, от «его арестуют прямо в кабинете» до более мягкого — требования уйти на пенсию... Но на пенсию он по возрасту не подходит... нет, мягкого варианта не может быть... Она знала все, что знал он: дело закончено, вот-вот пройдут аресты, его заместитель в деле не фигурирует. Смирнову принесли почти законченное дело, и он в таких подробностях пересказал его Ольге Алексеевне, что Смирновы могли бы сами при случае организовать преступную группу. Андрей Петрович с той встречи в Щербаковом переулке не сказал второму секретарю ни слова, тот нервничал, смотрел искательными глазами, не понимая, в чем причина немилости, но нервничал *не так*. Не так, как будто ожидал ареста. Очевидно, между ним и главой подпольного бизнеса существовали договоренности, по которым его не тронут. Догадывался ли он, что его приберегают как козырного туза, которого в нужную минуту выкинут на стол? Или же сам приберег туза в рукаве? Ольга Алексеевна была уверена, что никакого туза у него не было, была одна лишь наглость и спесь — уверенность, что никто его не сдаст, потому что он нужен... Каждый думает, что *он нужен*.

Во дворе, перед тем как садились в машину, Андрей Петрович сказал: «Сразу после майских пройдут аресты. Инструменты... сумка?..» Ольга Алексеевна кивнула — у нее на даче есть сумка. Они едут на дачу в последний раз. Он хочет забрать свои инструменты. Хорошо, что девочки не поехали.

...Если его посадят?.. Что будет с ней?.. Ольга Алексеевна почему-то вспомнила давнюю сцену, когда после пожара Леве Резнику грозило исключение из школы, что означало — к станку вместо математики. Всегда веселая Фира Зельмановна смотрела на нее жалкими глазами, как раздавленная птица, как будто она пыль под ее ногами... Почему вспомнилась Фира? Потому что Ольга Алексеевна сама была сейчас раздавленная птица?

Ольга Алексеевна никогда не думала о Боге, как Фира Резник не думала о своем еврейском Боге, — обе не вспоминали о Боге до того, как появилась нужда, что, по меркам человеческих отношений, нехорошо. Нехорошо вспоминать о ком-то только в момент острой необходимости, но Бог — простит. Со своей лекторской привычкой к четким формулировкам Ольга Алексеевна подумала: Бог посылает мелким людям мелкие испытания, очевидно,

Бог не утруждается предлагать масштабные испытания тем, кто не сможет их вынести. Для человека, в чьем нравственном опыте понятия Бога не было и в помине, мысль Ольги Алексеевны была интересной и в смысле смирения, и в смысле готовности найти силу как в себе, так и вне себя.

Ольга Алексеевна дотронулась до спины мужа, сидевшего рядом с водителем.

— Андрей Петрович?.. — При водителе она всегда называла мужа по имени-отчеству. — А как другие?..

Смирнов, не оборачиваясь, улыбнулся уголком рта. Ему нравились все ее привычки, нравилась и эта — выбрасывать наружу обрывки своих мыслей и, не требуя ответа, продолжать думать дальше.

...А как другие?.. Другие, в мгновение выброшенные из кремлевских кабинетов на заплеванный тюремный пол? Зиновьев, Каменев, Бухарин, Рудзутак, Пятаков, Радек... Ольга Алексеевна могла бы продолжать этот список до порога дачи, но сейчас ее интересовали не списки. Эти люди остались строчками «репрессирован», и она сама много раз повторяла «репрессирован в тридцатые годы», а сейчас впервые задумалась: а что они чувствовали? Утром водитель везет на машине в Кремль... в Смольный, все равно... а вечером — носом в парашу?.. От невозможности, нереальности происходящего можно было сойти с ума, но они не сходили с ума, они о чем-то думали, что-то чувствовали — что?.. Тупое безысходное отчаяние? Страх? ...Была ли у них надежда?.. История партии отвечает совершенно четко: надежда бессмысленна.

Ольга Алексеевна начала думать о женах — как они. ...А что жены? Жены вскоре оказывались на том же тюремном полу... Страшная жестокость того времени представлялась ей, как ни странно, упрощением ситуации, отчасти даже спасением, *тем женам* был открыт нравственный путь — страдать вместе с мужем за идею или, если идея не была частью их сознания, просто страдать вместе с мужем. Но сейчас жены за мужей не отвечают, и — что с ней будет?! Не в бытовом, конечно, смысле. Она вынесет все, потерю положения, материальные трудности, вынесет и самое болезненное — позор, осуждение, насмешливые взгляды. Но *что с ней будет*? Если его посадят, если его не будет рядом?.. Без него она *не сможет жить*.

...Крупская смогла жить без Ленина...

...Можно сказать, что Ольга Алексеевна при такой своей подчеркнутой нормальности — странная — всерьез думает о Надежде Константиновне. Можно сказать, что думать о Крупской — нормально, особенно для историка партии.

...На фотографиях Крупская ужасно выглядит: зоб, выпученные глаза. Это фотографии уже после смерти Ленина. Как она жила без него? Был конфликт со Сталиным. Она умоляла не хоронить Ленина в Мавзолее — он бы этого не хотел. На панихиде сказала: «Не устраивайте ему памятников... всему этому он придавал при жизни такое малое значение, так тяготился этим. Помните, что многое еще не устроено в нашей стране...», сказала, что Ленин принадлежит не ей, а партии. ...Потом был еще один конфликт со Сталиным, она была против коллективизации, защищала кооперативный план Ленина. Главное в ней — преданность, она даже после смерти мужа *жена*. ...Какая она хорошенькая в молодости! Тургеневская девушка, строгое умное лицо, *хорошее* лицо. ...Ленин после смерти оказался никому не нужен, Сталин сохранил его как политическую мумию. ...Вот и Андрюша — думал, что он нужен, а его сейчас выкинут, как старую половую тряпку, ногой, брезгливо, не касаясь, — пошел вон без оправданий!..

Это слишком? Сравнивать Ленина с Андреем Петровичем? Но это же мысли. Никто свои *такие* мысли не обнародует... Так ведь и Ольга Алексеевна не вслух думает, а про себя. Но в любом случае ясно, что, послав Смирновым это испытание, Бог не ошибся, Ольга Алексеевна не была *мелким* человеком, готова была проявить величие духа и... И вдруг, вдруг все, как пыльца при дуновении ветра, слетело, унеслось мгновенно, и на месте ее умственных построений осталось звериное, воющее, что она и выкрикнула жалким бабьим голосом, как кричат на самом краю, — Андрю-юша!.. Про себя, конечно, выкрикнула, не вслух.

— Добрый вечер, Андрей Петрович, Ольга Алексеевна, — сказал охранник, открывая водителю ворота.

— Здрасьте. Въезжать на участок не надо. Машину в город, — распорядился Андрей Петрович. — Ольга Алексеевна, выходи...

О чем только не успела подумать Ольга Алексеевна за сорок минут, что заняла дорога из Ленинграда в Комарово: и о Боге, и о Фире Резник, и о Крупской, и о репрессированных большевиках, и — неотступно — о судьбе Андрея Петровича и своей. А сам Андрей Петрович, о чем он думал? Честно говоря, проще сказать, о чем он *не* думал.

Он *не* думал, почему судьба опять сводит его, человека безупречного, с подонком, второй раз разрушающим его жизнь. Он *не* думал, что ему и его семье придется пройти через позор. «Судьба», «позор», «отчаяние» были слова не из его лексикона, и если бы его спросили, думал ли он хотя бы раз за это страшное время о таком, он бы хмыкнул — баба он, что ли, *думать*?.. Он думал — жалко доски. Доски остались от строительства беседки пять лет назад, выбросить было не по-хозяйски, и каждый год он их перебирал, аккуратно складывал за сараем, покрывал полиэтиленом, чтобы не сгнили под дождем и снегом. На удивленное «зачем тебе?..» усмехался — мало ли что, веранду подлатать, или, может, он домик для деток построит, Алениных и Аришиных... Новым хозяевам доски не понадобятся — зачем старые доски, когда можно заказать и привезут сколько надо. Доски жалко.

А вообще... был у него в детстве такой случай: шел в соседнюю деревню, вывихнул ногу, упал в сугроб, не смог встать... не плакал, не кричал, замерзал, знал, что умирает. Сейчас было, как будто он замерзает — такое сладкое забытье. Замереть, *замерзнуть* — это естественная реакция психики на то, что психика не может вынести, в данном случае на ожидание страшного события. Но если бы Смирнов услышал это, он бы презрительно хмыкнул и сказал: «Это у Ольги Алексеевны психика, а у меня работа».

На работе Андрей Петрович тоже не раздумывал ни о судьбе, ни о позоре — работал. Каждый день метался по предприятиям, только в НИИ-3 провел несколько совещаний — НИИ-3 десятилетиями обеспечивал всю документацию для ракетной техники, но почему-то при Королеве все работало бесперебойно, а сейчас ракеты не взлетают, погибают люди, военно-промышленный комплекс вообще в последние годы дал сбой... Кроме этого решил уделить внимание проблеме молодежи: молодежь начала увлекаться рок-музыкой, это непатриотично и политически неправильно. Обсудил с секретарем обкома по идеологии новые формы досуга — эту встречу провел в обход своего зама по идеологии, ну не мог он с Витюшей иметь дела, не мог себя преодолеть.

— ...Смотри, птица, — сказала Ольга Алексеевна.

— Эх ты, городская... Дрозд это. Где сосна повыше, там и дрозд. А если береза-ольха, тогда еловый подрост нужен. Дрозд, он только когда поет, виден, а так он во-он где, высоко на сосне... — И, не выделяя голосом: — Если все нормально будет, построим дачу, маленькую... Вон как пикает. До средины июля будет пикать...

...На даче всегда действовали слаженно, по заведенному порядку. Она ставила на стол привезенные с собой закуски и бутылку «Столичной», он обходил участок, проверял, как смородина, как малина, входил в дом и с порога кричал: «Ну что, по рюмочке?..» После «по рюмочке» он переодевался в... *Это ужас*, в чем он ходил на даче.

В дачном виде Андрей Петрович был как кукла на руке кукольника: сверху кукла, а внизу рука кукольника, сверху одно, а внизу другое. На нем оставалась рубашка с галстуком, а внизу были синие затрапезные шаровары, которые в народе называли «треники коленками назад»... А ботинки, ботинки... Ольга Алексеевна говорила девочкам: «Пусик так расслабляется», а ему, смеясь: «Ты *низом* припадаешь к своим корням», — снизу Смирнов припадал к деревенским корням, а сверху оставался первым секретарем.

В сарае у Андрея Петровича был верстак, там он копошился до вечера, вечером опять по рюмочке и, подробно обсудив, что он будет делать завтра по хозяйству и какие передачи они завтра вместе посмотрят, — спать. Таким всегда был их первый выходной день на даче, а с самого утра он начинал смотреть сердито, мимо нее... К обеду он уже всегда был на работе.

В этот раз все было как обычно, с небольшими отступлениями. Андрей Петрович переоделся в любимые синие штаны, но белую рубашку с галстуком поменял на дачную, клетчатую, и на удивленный взгляд Ольги Алексеевны хмыкнул: «Чего это мне в галстуке на даче?..» И — внезапно охрипшим голосом: «Оля?..» Ольга Алексеевна смущенно потупилась — ну что ты, Андрюша, *прямо сейчас?*.. Это было частью игры — по особенной внимательности к ней, пристальности взгляда она прекрасно знала, что прямо сейчас.

Был еще один обычай в их распорядке: если они были одни, без девочек, обязательно была любовь.

Поездка на дачу вдвоем была любовным свиданием. Любовь на даче была всегда особенная, с привкусом недозволенности: Андрей Петрович бросался к Ольге Алексеевне сразу же, не дожидаясь ночи, как будто они не прожившие вместе много лет муж с женой, а любовники. Днем, одни в доме посреди сосен, ему можно вскрикнуть громко, не опасаясь, что девочки услышат, ей — еще разнообразней, чем дома, притвориться. Ольга Алексеевна была большая мастерица *притвориться*, ее притворство было особого рода: не оргазм разыграть, а наоборот — разыграть недотрогу, с начала до конца пройти весь приятный ему цикл — смутиться его яростным желанием, его силой, нехотя уступить, как будто он вынудил ее уступить, и лишь затем разделить его жар. И послевкусием этой любви на даче всегда была особенная нежность друг к другу: у него благодарность за яркое переживание, у нее — за то, что рык его только что звучал в пустом доме, что ему так с ней хорошо.

В этот раз к привычному предвкушению любви добавлялось особенно яркое, нетерпеливое желание обоих — давно уже ничего не было, две недели, для других не срок, но для них удивительно долго. Их влечение друг к другу шло пунктиром сквозь повседневную жизнь, и за всю жизнь так надолго прервалось лишь однажды — когда она пришла из роддома с близнецами. И через две недели он не выдержал, стесняясь своего нетерпеливого эгоизма, ждал знака и дождался, и... ну, как-то осторожно, согласно обстоятельствам, было. Еще раз — когда Алена обгорела, а больше никогда.

И сейчас все было, как должно было быть: он подошел к ней с выражением, которое всегда предшествовало любви, — напора и застенчивости, как будто он смущается силы своего желания, как будто она сейчас откажет ему, холодно скривит губы — ты что?! Такая игра, как будто она уступает, а он ее добивается, как будто берет ее в первый раз. Ничего не вышло.

Все было по правилам: Ольга Алексеевна как будто не ожидала, и была как будто недовольна, и по-девичьи была смущена, и словно нехотя уступила, и... вдруг ее удивленное «...Андрюша, что?..» и его обиженное в ответ «Оля, что?.. Я не кончил...».

Она могла бы не унижать его своим изумлением, и так понятно — что. Он обмяк в ней, совершенно как тряпочка. Но Андрей Петрович никогда, за всю жизнь ни разу... и Ольга Алексеевна соответственно никогда, за всю жизнь ни разу... Это случилось с ними, с ним — впервые в жизни.

И опять — его напор, ее смущение... и ничего.

— Чего-то не получается, — стыдясь, сказал он.

Она принужденно рассмеялась — какая ерунда, *у тебя* не получается...

На третий раз что-то уже стало получаться, и она, прикрыв глаза, радостно начала считать про себя — досчитаю до пятидесяти, и все... Ольга

Алексеевна была горячая, но сейчас она уже не думала о себе — только чтобы у него все получилось, все закончилось, — и все. Но опять нет, он опять обмяк в ней...

Общим счетом три раза Андрей Петрович брал высоту и три раза ее оставлял. На четвертый раз вообще ничего не вышло, не то что кончить, а даже начать. ...Господи, что же это, что же ей с ним делать?..

— Оль, у меня не получается... — удивленно сказал он.

Ольга Алексеевна растерялась, попыталась изменить игру — как будто она его хочет и даже как будто она его соблазняет, что было для них совершенно внове, — перевернулась на живот, эта поза всегда действовала на него мгновенно. ...Но только он сам всегда переворачивал ее, *сам*, а тут — она... Лежала, *ждала* и, не выдержав паузы, оглянулась, посмотрела — он стоял над ней с виноватым лицом, и эта его виноватость была хуже всего, *хуже всего*...

— Я стал им-патент, что ли?..

— Ты что?! Ты расстроен, это у всех бывает, — заторопилась она, прекрасно зная, что лукавит, что у него не бывает, что это унижение для него невыносимое — вот только мыслей об импотенции ему сейчас и не хватало... — Ты нервничаешь и поэтому... Каждый сексуально грамотный человек знает, что...

Елена Колина

Андрей Петрович поморщился — фу, разве этот иностранный «секс» можно отнести к их любви?!..

«Каждый сексуально грамотный человек» — получилось неудачно, по-преподавательски, это Ольга Алексеевна от волнения, от старания как можно скорее заговорить, заласкать, поскорей *замазать пятно*. Но Смирнов именно что был сексуально неграмотным, он не читал книг о сексе, он был деревенский человек, и секс с ним никогда не был изысканным, он всегда любил ее как будто брал высоту — а в этот раз не взял.

— Андрюшонок, не думай об этом...

— А-а-а, брось... — Андрей Петрович отвел ее руки, отодвинул ее. Встал, махнул рукой, надел рубашку и штаны, ушел, коротко бросив через плечо: — Все, Оля. Пойду... там птички.

«Не думать об этом?.. Не думать *об этом*?» Вся эта история, униженное ожидание позора без всякой вины было невыносимо, а еще *это*, мягкая тряпочка, безжизненно повисшая посреди любви, — совсем уже *невыносимое* унижение. И почему-то именно этот провал был как будто знак, как будто кто-то мигнул ему свыше — все, Смирнов, тебе конец. Ты не хозяин Петроградки, ты — импотент.

Жег старые листья в костре — развел костер, сгребал граблями листья, пожелтевшую прошлогоднюю траву, а Ольга Алексеевна смотрела на него из окна и думала: «Он сам как прошлогодняя трава... Бедный, бедный...» Ольга Алексеевна внезапно сделала семантическое открытие: оказалось, что просторечные выражения, те, что она так не любила, фантастически точно выражают состояние страдающего человека, ее состояние. «Разрывается сердце», «болеть душой», «сама не своя», «не находить себе места» — все это было *про нее*. Сейчас она была, конечно, собой, но не прежней собой, не *своей*, от жалости к мужу у нее в буквальном смысле разрывалось сердце, словно от сердца отщипывали по кусочку. И не было места, где у нее не болело бы, где не трепыхалось бы болезненно внутри, это не был конкретный орган с определенным местоположением, — но что тогда, как не душа?.. Она встрепенулась — к Андрею Петровичу подошел охранник, Андрей Петрович стоял к ней спиной, но она видела, как он напрягся... бросил грабли, направился к воротам, охранник сопровождал его, соблюдая предписанную дистанцию — два шага... Что-то случилось! Что?!

Перед мысленным взором Ольги Алексеевны возникла картинка: тихий вечер на даче, внезапный стук в дверь, требовательное «Товарищ комкор, пройдите с нами», возмущенный ответ «Что вы себе позволяете?!» — и комкору удар под дых, руки за спину и в машину, в «черный ворон», и все, нет больше комкора... По дороге на дачу она так много думала о сталинских репрессиях, о старых большевиках и безымянных комкорах, думала, *как это было*, вот и додумалась до того, что *увидела*... Она выскочила из дома, бросилась к воротам — «Андрюша, что?..», он, не оглядываясь, махнул рукой — иди в дом, и она пошла домой, не замечая, что говорит вслух «что случилось, что?..». Может, она вспомнила бы «А это нас арестовывать идут», по своей привычке цитировать не к месту все, что вспомнилось, но Ольга Алексеевна не читала Булгакова и сказала себе просто и четко «они пришли», не заметив, что «они» теперь стали те, кто прежде были «мы». Они пришли. Счастье, что его арестуют не на глазах у девочек, что девочки не выбегут в ночных рубашках, не встанут у ворот смотреть вслед.

— ...Андрюша, давай от охранников отойдем. ...Не зови охрану... если ты сейчас охрану позовешь, они у меня паспорт попросят, возникнут вопросы, кто да что... а так, если что, скажешь, старый знакомый, бывший сосед, дальний родственник, никто, хуй в пальто, хрен в ступе... Ну же, Андрюша, не стой как истукан, давай двигай к сирени...

— ...Ты, блядь, охуел сюда приезжать... и что это у тебя за словесный понос?.. Что это за маскарад такой? — коротко и зло выстреливал Смирнов, отступая к сирени.

Охранник сказал ему: «Андрей Петрович, там у ворот какой-то турист, вас спрашивает, по имени вас назвал... Прогнать?» Ник действительно был одет как турист, в синие тренировочные штаны, в точности такие, как на Смирнове, на голове шапочка с помпоном, за плечами рюкзачок, в руке авоська, в авоське скомканный клетчатый плед.

— Немного нервничаю, Андрюша, как-никак меня через пару дней арестуют. Я вот что приехал. Я решил Витюшу не сдавать... — Ник потряс Смирнова за плечо. — Андрюша?..

Смирнов напрягся, напружинился, задышал тяжело, молча, не мигая, глядел в темноту мимо Ника.

— Ты что, не понял или недопонял?.. Если я твоего зама сдам, мне светит восемь лет вместо двенадцати. Лишние четыре года на зоне — это много. Но я решил. Я прикинул, что на весах: для меня плюс четыре года на зоне, а для тебя — все, пиздец.

— Чего ж вдруг так-то? — выдавил из себя Смирнов.

— Что «чего ж вдруг так-то»? Девочка... ну, моя дочка. Дело в ней. Я ведь после нашего с тобой разговора мог ее на улице подстеречь, открыть ей правду, а потом подумал — зачем? Прижать ее к груди со слезами «доченька, я твой папа» — не мой стиль. Да и папа-то кто? Бывший зэк и уже опять одной ногой в тюрьме... Я, конечно, не чадолюбив, но все же... Я ведь действительно тебе благодарен. Девочка не пропала, растет в семье. Пусть остается дочерью не зэка, а первого секретаря. Что я еще могу для нее сделать?.. Ну, и еще кое-что... Ты ведь понимаешь — я выиграл. Ты мою дочь растишь, а я — тебя спасаю. Учти, Андрюша, *в конечном счете* победа за мной.

Андрей Петрович коротко кивнул. Казалось, он не вполне понимал, что происходит, не понял еще — *все*, все страшное позади.

— Скажи хотя бы, какая она? — попросил Ник. — Ну, не знаю... куда будет поступать?

— Она? Да какая... нормальная. Хорошо учится, занимается спортом... ну, еще это... матери по дому помогает, — перечислил Андрей Петрович и тяжело задумался, что еще сказать. — А поступать... будет поступать. Или работать пойдет. Она такая... как должно быть.

Он не смог бы выразить свою мысль словами. Нина — комсорг, спортсменка, простая, обыкновенная — была такой, какой первый секретарь райкома Смирнов хотел видеть всю страну. Всю страну, но не своих дочерей. Нина будет поступать — или работать, с ней все будет в порядке, она сама несет ответственность за свою жизнь. А девочкам — девочкам он даст самое лучшее, самое красивое, что есть в стране, — университет, филфак. Английское отделение, скандинавское отделение — звучит как сказка. Девочки станут литературоведами, переводчиками, искусствоведами, перейдут в иной круг, в интеллигентную жизнь. Если, конечно, он останется первым секретарем.

— Не плачь, Андрюша, останешься начальником, — словно прочитав его мысли, хохотнул Ник. — Не буду врать, это было приятное ощущение — держать твою жизнь в своих руках. Ну, теперь можешь спать спокойно. Я не разрушу твою жизнь. Я так решил. Но ты возьмешь деньги.

Ник поднял руку, помахал в воздухе авоськой. В авоське тюк, как будто Ник принес с собой скомканный плед, чтобы, подложив под голову, переночевать на земле.

— Понял, — медленно произнес Смирнов и, пригнувшись, пошел на Ника. — Ты... ты... ты... мне... деньги... воровские... — рычал Смирнов. И вдруг легко, со смешком: — Ну, ты даешь!..

Вот теперь он *понял*. Ник не сдаст Витюшу, *а за это*... За это он должен взять на хранение воровской общак. Ловко придумано — хранить воровской общак у первого секретаря райкома! Такой, значит, у Ника расчет — повязать его этими деньгами. Эта его авоська — гарантия их связи, хозяина Петроградки и преступника-цеховика.

— Я все понимаю, Андрюша. Вступая со мной в сговор, ты принимаешь решение не только взять мои деньги, ты одновременно покрываешь своего зама — ты *сам* становишься преступником, в твоих, конечно, координатах. — Ник осторожно улыб-

89

нулся. — ...Ты спасаешь себя, свою шкуру, совершая преступление, но что делать... Ты должен мне поверить, а я тебе. Мы в одной связке, и ты не белый и пушистый. По-другому никак. Выбирай.

— Это что же, мы с тобой будем сотрудничать?.. Будем подельники?.. Ты что, клоун, правда считаешь, я могу на это пойти?.. — удивленно сказал Смирнов. Поддал ногой авоську, и Ник, отступая назад, наткнулся на кочку, пошатнулся.

— Ну что ж. Тебе решать.

— На хуй, иди ты на хуй... Давай. — Смирнов протянул руку.

Ник только сказал «ты возьмешь деньги», а он уже знал, что возьмет. Рука повисла в воздухе — Ник отчего-то медлил.

— А ты ведь знаешь, Смирнов, что тебя не арестуют. Если ты со мной не договоришься, ты должность свою потеряешь, из партии тебя вышибут, но не посадят. Ты не ареста боишься, ты...

Смирнов опустил руку.

— Ты врешь! Ты сказал, ради дочки выбрал... это... лишние четыре года на зоне... Врешь! Ты, сука, хотел меня прищучить, доказать. Вот теперь победу надо мной празднуешь. ...А у меня девочки. Они в чем виноваты? Они привыкли... У девочек отец *я*, а не *никто*.

— Так ведь и ты врешь! Ты что, ради своих девочек выбрал стать преступником?.. Не-ет!.. Ты от власти отказаться не можешь. Не хочешь быть никем, помидоры на даче выращивать. — Ник приблизил лицо к Смирнову, зашептал: — ...Не хочешь помидоры?! Тебе лучше отказаться от принципов, чем от власти... Я знал, что ты обосрешься, я все рассчитал. ...Ну, и кто же победил, Андрюша?.. — Ник скривил губы в насмешливой улыбке, протянул авоську Смирнову: — Держи, не потеряй.

Смирнов взял авоську, приподнял, поболтал в воздухе, вопросительно взглянул на Ника — авоська с деньгами оказалась странно тяжелой.

— Господи, Андрюша, ты что, идиот? Ты думал, там *деньги*?.. Маленький ты мой, наивный... Это *другие деньги*.

Ник улыбнулся, покрутил пальцем у виска — это у Смирнова удар под дых со звериным рыком, а у Ника все фиглярство, паясничанье, треп. Треп, а в глазах торжество.

Смирнов скрипнул зубами от злобы — бывший и будущий зэк над ним насмехается, *дожили!*

...Костер уже почти погас, Смирнов пошевелил ветки, чтобы раздуть пламя, и с размаха бросил авоську в костер. Пропади они пропадом, эти его... другие деньги!.. Пошел к дому, постоял у крыльца, вернулся, загасил костер, вытащил из костра металлическую коробку. Оглянулся — в будке охранников был погашен свет, — отошел в дальний угол участка, открыл и тут же, не смотря, захлопнул.

Елена Колина

...Ник сказал «там рыжье и камушки». Рыжье — это золото, камушки — бриллианты. Воровской жаргон! ...Про рыжье свое и камушки Ник понимает, а что он знает *про власть*?..

Смирнов взглянул на светящиеся окна дома... А если бы она узнала? Она, без сомнения, сочла бы это предательством. Это и есть предательство. Но что ему оставалось? Если он возьмет деньги — он подлец. Если не возьмет и подвергнет позору девочек — он подлец.

Андрей Петрович закопал коробку в малиннике, глубоко закопал, и, по-стариковски подумав «нужно новых кустов прикопать», удовлетворенно вздохнул — если когда-нибудь и найдут клад — лет через сто, не меньше. И вдруг тяжелое вязкое ощущение, с которым он жил последнее время «все, теперь все...», ощущение себя человеком, стоящим на пороге начала старения, сменилось на возбужденное «я еще ого-ого, у меня еще все впереди!».

Ольга Алексеевна смотрела из окна в прихожей — сорок минут назад он выходил из дома сгорбившись, как старик, а сейчас шел обычной своей чуть разлапистой наступательной походкой, и лицо, ей показалось, было прежнее, живое.

Андрей Петрович вошел в прихожую и вдруг ощутил, что у него *стоит* — он никогда даже мысленно не употреблял это грубое слово по отношению к ней, но ведь все, что сегодня происходило, было *никогда*: он никогда не переходил так резко от тупого ожидания позора к эйфории помилованного перед казнью, никогда не предавал себя...

Андрей Петрович двинулся к ней, на ходу расстегивая брюки. Не говоря ни слова, прижал к стене, поднял юбку, рванул колготки и, больше не раздевая ее и не раздеваясь сам, безоговорочно доказал, что он не импотент. Ольга Алексеевна прерывисто шептала «Андрюша, осторожней...», но это не было ее обычным кокетством, как не было его обычной игрой в грубость то, что он с ней делал, — он был с ней груб по-настоящему. Зло сказал: «Ты поняла, что я не им-патент?!», двигался в ней так необычно агрессивно, словно вколачивал в нее это свое злое «не им-па-тент!», повторяя вслух: «Ты — решила — что я — а я — нет!» — пока мог еще о чем-то думать, до тех пор, пока не издал звериный рык счастливого облегчения. Пришел в себя и виновато спросил: «Больно?..» Ольге Алексеевне было больно, неприятно, *не гигиенично*, но он так победительно глядел, так хитро ухмылялся, что она только и сказала: «Андрюшонок, я поняла, произошло что-то хорошее...»

А через несколько минут Смирнова на даче уже не было, он уехал в город.

— Ты же хотел птичек послушать, — выходя вслед за ним на крыльцо, сказала Ольга Алексеевна. Она была так счастлива его возвращению к

93

жизни — ему не нужны птички, ему нужно на работу, — что даже хотела, чтобы он уехал, чтобы в полной мере ощутить свое счастье. И опять вдруг подумала о Боге, подумала «слава Богу» и что где-то она слышала выражение «когда Бог закрывает дверь, он открывает окно», — вот он и открыл окно, вот и нашелся выход, слава Богу... — ...А машина? Машину же ты отправил...

— Я дежурную вызвал, вон смотри — подъехала.

Смирнов вызвал дежурную машину — вот это интересно, — как только увидел за воротами Ника. Из этого незначительного факта следует, что это еще вопрос — *кто* все рассчитал, на чьей стороне победа — спланированная победа. Что же, этот немолодой, вроде бы не быстрый умом, доведенный до отчаяния человек мгновенно понял, что Ник приехал торговаться, и заранее принял решение на *любое* его предложение согласиться?.. Эти двое мужчин объясняли — или прикрывали — свои решения дочерьми, но дочери были ни при чем, это была очень мужская история — обоим важно было победить.

...Как и говорил Андрей Петрович, после майских праздников прошли аресты — в этот день заместитель Смирнова на работе не появился, лег в больницу с сердечным приступом, — а за арестами последовал вызов в Смольный.

...Из кабинета первого секретаря обкома Смирнов вышел обласканный. «У тебя, Петрович, интересно выходит, как будто не в твоем районе работала преступная группировка, а в *твоем* районе своевременно раскрыли *такое* дело. Ну что же, молодец, в соответствии с линией партии разоблачаем теневиков... молодец... Как ты это вывернул, что эта история пошла тебе в плюс?.. Хитер бобер...» — сказал первый.

...«Не могу понять, как получилось, что весь этот кошмар превратился в "своевременное разоблачение"»? — сказала Ольга Алексеевна. Смирнов пожал плечами — да вот как-то так... Думал ли он, выходя от первого, — как?.. Нет. Думать о таких вещах — это по части Ольги Алексеевны, лирика.

...Впрочем, одна лирическая мысль на выходе из кабинета все же была, вот какая: «У Алены с Аришей папаша — ого-го-го!..» И вслед за ней счастливое — Аленочка, его солнышко, птичка, заинька, слава тебе господи, тень ее не коснулась, у нее все хорошо... А больше ни о чем — как избежал позора, как превратил неприятности в победу — не думал. Думал, что ему нужно уничтожить заместителя.

За развитием дела Смирнов, конечно, следил: обвинительное заключение по делу о подпольном производстве в Петроградском районе г. Ленинграда составило более пятидесяти томов. За время следствия Кулакова дважды соединяли с первым секретарем Ленинградского обкома, и после разговора генеральный прокурор — лично — дважды — обещал Кулакова расстрелять, если он не выдаст деньги и ценности. Деньги, лежащие на счетах Сбербанка на предъявителя, Кулаков Н. С. выдал, суммой следствие осталось неудовлетворено. Кулаков утверждал, что это все деньги, — так ли это или же это была только часть, естественно, знал только он. Кулаков Н. С. был осужден — как он и сказал Смирнову, не ошибся ни на год — на двенадцать лет лишения свободы.

ЛЕТО

Про другое

Дверь открыл Виталик, в руке у него была бутылка вина, к которой, как было написано в милицейском протоколе, он «постоянно прикладывался». Потом ему вменялось в вину, что был пьян, но он не был пьян, а был возбужден тем особым возбуждением, которое всегда находило на него в компании, особенно радостно и неподвластно булькающим, когда вечеринка была у него дома, — когда он был хозяином вечеринки, его просто несла волна желания насмешить публику. Смешно? Чего изволите, чтобы было смешно?..

Виталик открыл дверь, увидел стоящего на площадке милиционера.

— Шум. Музыка. Шум, музыка после одиннадцати, — сказал милиционер.

— Кто пришел, кто там? — спросил кто-то из гостей и, увидев милиционера в форме, отпрянул, кинув остальным чуть испуганное «милиция...».

— Кто там? Нищий... Н-на хуй нищих! — не раздумывая, сказал Виталик и под общий смех захлопнул дверь перед носом милиционера, благо что нос ему не прищемил. Почти что прищемленный нос тоже потом фигурировал в отчете.

Посмотрим на эту ситуацию со стороны Виталика — в буквальном смысле слова со стороны Виталика — из его прихожей: перед ним тупой мент, в его доме совершенно неуместный, особенно при гостях, и от возбуждения, кривляния-позирования он и брякнул — и тут же забыл. Но если взглянуть *с другой стороны*, с лестничной площадки: милиционер при исполнении, а перед ним Виталик, аристократически тонкий-нежный, слабо-зеленого цвета, — обозвал его нищим, послал на хуй, захлопнул дверь. Чрезвычайно вызывающе получилось, оскорбительно, тем более что милиционер был свой — Коля-мент из той самой коммуналки с первого этажа, где жила «старая барыня на вате», лимитчик — и Виталика ненавидел лично и как классово чуждый элемент.

Лично — Виталик был ему физически неприятен — самая простая и понятная причина ненависти. Весь он узкий-длинный, узкое худое лицо, длинный нос, узкие плечи, и чувствуется в нем какая-то немужская нервность, чувствительность, возбудимость, и еще — что при этой нервности повлиять на него трудно, он сам по себе, в общем, слишком интеллигентный, сопляк-мозгляк. Все говорят: «Ах, талантливый, ах, артистичный... ах, у него харизма от отца...»

А как классово чуждый элемент — как не ненавидеть, если у мальчишки такая огромная квартира в центре и живет он там один?! И весь июнь, как школу закончил, у него вечеринки, музыка... А двор-то — колодец!..

Никакого навета со стороны соседей не было — у Виталика весь июнь собирались компании, но как говорили, танцевали, топотали, слышно не было, в Толстовском доме толстые стены, а вот громкая музыка во дворе-колодце при настежь открытых в июне окнах действительно звучит нагло так, беззастенчиво, как будто прямо во дворе поставили усилитель.

Вечеринки у Виталика не обязательно были вызывающими. Когда собирались только свои — Алена с Аришей, Лева, Таня, — вечеринки были в разговорном жанре. На этот раз *своих* никого не было, а пили, шумели, плясали, выглядывали в окна так много чужих, что обалдевшие от шума соседи снизу, не желая вызывать милицию, попросили Колю-мента заглянуть по-соседски и разогнать или хотя бы пугануть распоясавшихся детишек. Соседи снизу на Виталика Светлане стучали, у Виталика с ними было — холодное недоброжелательство, а у Светланы полное понимание. Когда к Виталику неожиданно вселились Лева Резник и Таня Кутельман, она даже отчасти обрадовалась — их ссора с родителями ее не касается, а сами они хорошие еврейские дети, в доме хорошие *еврейские разговоры об умном*, Виталик в порядке... Но Лева с Таней вскоре вернулись по домам, и с тех пор как Виталик остался один, он словно с цепи сорвался — пьянки-гулянки без конца...

Виталик захлопнул перед Колей-ментом дверь, и вечер пошел как всегда, но через полчаса в квартиру прибыл наряд милиции, и Виталика увезли — вывели из подъезда, под соседский шепоток «а что она хотела, оставила мальчишку одного...» посадили в милицейскую машину и увезли. И только через час вернули, вернули в целости и сохранности, — привезла Светлана. Виталик вышел из ее красных «Жигулей» с видом отшлепанного газетой щенка — не больно, но обидно... А из окна коммуналки на первом этаже Коля-мент в майке, с радостной рожей — ну что, огурец, заработал привод? Официальный привод в милицию означал... плохо, очень плохо для характеристики, для поступления в институт. Светлана в дом не вошла — со двора впихнула в подъезд, сказала «до завтра» зловещим голосом, и не успели еще красные «Жигули» выехать из двора, как Виталик развернулся у лифта и направился в подъезд напротив — к Арише. Где был Аришей укоризненно обсмотрен, обшептан, накормлен, а также благожелательно расспрошен Ольгой Алексеевной о планах на будущее, в общем, был приведен в прежнее, до привода, душевное состояние. Про привод Ольга Алексеевна не знала, да и откуда — она ведь никогда не судачила с кумушками во дворе.

Бывают натуры, которым все благоприятствует, и даже тень чужих негативных эмоций их не касается. Так в Аришином мире словно была одна лишь любовь, и «ее ранние близкие отношения с Виталиком» (выражение Ольги Алексеевны), которые, казалось бы, должны были вызывать у родителей неодобрение, Смирновыми молчаливо поощрялись.

Андрей Петрович и Ольга Алексеевна больше всего уважали успех, *положение*. В глубине души Андрей Петрович считал всех представителей творческой интеллигенции людьми легковесными и легко добившимися успеха — благодаря *всего лишь* природным талантам. Он и называл их всех, независимо от того, играли они, пели или танцевали, общим ворчливым «а-а... балеруны...». Светлана

Ростова была типичный представитель «балерунов», певица Кировского театра, но сам Ростов, лауреат международных конкурсов, был знаменитостью, семья Ростовых была на самом верху иерархии городской творческой интеллигенции, и то, что девочки вхожи в такой дом, было лестно.

Когда Ростов погиб, Ольга Алексеевна честно сочувствовала вдове и сироте и даже через девочек предложила помочь с продуктами на поминки, она скажет, куда подъехать. Вдова не отозвалась и не поблагодарила, но Ольга Алексеевна не обиделась — такая она была в своем горе страшная, в черном платке, с черным лицом, из дома и в дом ее первый месяц под руки водили. ...А через месяц!

Водили под руки — в черном платке, с черным лицом, и все за нее переживали — ведь такая трагедия, разбился самолет, погиб известный человек, гордость страны, и вдруг... Вдруг новое потрясение, для соседей не меньшее, — вдова выходит замуж. А уж когда оказалось, что Светлана Ростова выходит замуж и оставляет Виталика одного — единственного, заласканного, избалованного... Среди приличных людей это не принято... Приличные люди шептались: «Месяц прошел — *месяц прошел!* ...Башмаков не износила... Да какие там башмаки! ...Ребенка! Одного! Он и так отца потерял! ...К нему приходит домработница, это уж совсем дико — к мальчику, домработница! А сама Светлана не часто бывает, не чаще раза в неделю! Уму непостижимо... А эта дочка секретарская... да не та, что красивая, яркая такая, а вторая... ходят с Виталиком, как шерочка с машерочкой, в школу и из школы... Хорошая девочка, видно, что жалеет его, и как-то даже по-матерински с ним...»

Слова Ольги Алексеевны «ранние близкие отношения» не имели никакой сексуальной окраски, означали не подростковый секс, а нежную привязанность, романтические дружески-любовные отношения, те, что описаны в романах Тургенева — да ведь Ариша и есть совершенно тургеневская барышня. За Алену Смирновы боялись, неосознанно чувствуя в ней страстность и готовность *ко всему*, но, глядя на невесомую Аришу, разве можно было даже *подумать*.

Между тем у Ариши с Виталиком была половая жизнь... Нет, эти слова не подходят. Половая жизнь, подростковый секс — все это не про Аришу. У Ариши с Виталиком была половая жизнь — по форме, но по сути это были самые что ни на есть романтические отношения. Все началось с Аришиной застенчивой доброты и продолжалось от доброты; как влюбленная девушка из русской классики, она отдавала ему себя не по своему желанию, а по его.

Виталик, умело регулирующий на людях свое обаяние от непосредственности до развязности, наедине с Аришей смотрел робко, прикасался неуверенно, с опаской, что она его оттолкнет. Виталик был таким одиноким, брошенным, нелюбимым, его никто не любил, кроме нее, — разве она могла его обидеть? Кто-то обязан был доказывать ему, что он любим и желанен, вот Ариша и пыталась, доказывала. Виталик пытался поцеловать ее, погладить, Аришина первая реакция всегда была одинаковая, паническая — отстраниться, сбежать. Виталик пугался, отдергивал руку, и тут же ей становилось стыдно, что она причиняет ему боль. Она возвращала его руку на место, позволяла целовать себя, гладить, не чувствовала абсолютно ничего и все время помнила — отстраниться нельзя, нельзя обидеть.

Ариша оставалась девственной — не по своему решению. Девственность, символ, идея, которой в разговорах девочек придавалось так много значения, не имела для Ариши самостоятельного значения, как не имела значения любая идея. Она оставалась «непорочной» постольку, поскольку Виталик не мог дойти до окончательно решительных действий — все же для этого от него требовалась некоторая настойчивость и безжалостность, а его усилия героически поддерживались ее полными слез глазами, словами «если ты хочешь...» — и он уже ничего не хотел. Застенчивая покорность — не то, что делает отношения увлекательным узнаванием любви и друг друга, это было однообразно тягостно для Ариши, отнюдь не лестно для Виталика и совершенно безрадостно для обоих.

Но все же в общепринятом смысле то мучительно неловкое, что происходило между Аришей и Виталиком — не часто, не чаще раза в месяц, — называлось «половая жизнь», и Ариша боялась, что все каким-то образом раскроется, и думала, что сказала бы мама, увидев свою дочь с Виталиком на Светланиной кровати. Маме не объяснить, что она не безнравственная, что ей просто жалко Виталика... В компании о чем только ни говорили — от «в чем смысл жизни» до индивидуального религиозного чувства по Кьеркегору. Таня по любому поводу имела отличное от всех мнение, Алена знала не знала, но яростно спорила, билась за свое, а Ариша абстракциями не интересовалась и не вдавалась в размышления о том, что нравственность и безнравственность не так далеко отстоят друг от друга, как обычно считают. Виталик говорил: «Ариша не про умное, она про другое».

— Завтра Восьмое марта, — сказал Виталик.

— Не-ет, — протянула Ариша, но Виталик скорчил такую жалобную гримасу, что она, даваясь от смеха, кивнула: — Ладно, завтра Восьмое марта.

Была первая суббота июля, но завтра — Восьмое марта. Любой день, когда Виталик навещал

Светлану, назывался между Виталиком и Аришей «Восьмое марта» или «мамин день». Светлана с Виталиком виделись раз в неделю или немного реже; если Виталик приходил к Светлане через воскресенье, то она появлялась между воскресными визитами, и получалось, они виделись прилично и не обременительно, через неделю с хвостиком.

Визиты Светланы к Виталику всегда проходили одинаково, как будто существовал ритуал, который они не могли нарушить. Входя в квартиру, Светлана уже *разговаривала* — перечисляла последние прегрешения Виталика. Если актуальной причины не было, то повод находился мгновенно — брошенные посреди прихожей грязные кеды, криво повисшая скатерть в гостиной, сам Виталик, встретивший ее *не с тем* выражением лица... Не переставая говорить, чем он ее расстроил, Светлана бросалась в спальню, по дороге обегала все комнаты, окидывала взглядом, все ли в должном порядке, — и в спальню, к своим фарфоровым фигуркам.

Коллекция фарфора осталась здесь, в ее старом доме. Пастухи и пастушки, фрейлины, музыканты, солдаты, купцы, комедианты — севрский фарфор XVIII века, и на другой полке пастухи и пастушки старше на век, Мейсенской мануфактуры. Сомнительно, что Светлана посчитала неловким забрать с собой коллекцию из семьи Ростовых — она же *не постеснялась* выйти замуж. Скорее имелись другие соображения: лирические — например, ее новый муж не пожелал постоянно иметь перед глазами напоминание о ее прошлой жизни, либо бытовые — к примеру, в его квартире для пастушек не нашлось места.

Виталик утверждал, что Светлана оставила коллекцию дома, чтобы ей хотелось приходить к нему, чтобы здесь было «хоть что-то приятное».

Пока Светлана осматривала фарфоровые фигурки, Виталик стоял рядом, переминаясь с ноги на ногу, словно ему не терпелось начать ссориться, и говорил, что она приходит не к нему, а к своей коллекции.

— Ты приходишь, потому что у тебя здесь пастушки!

— Да!.. Это все, что у меня есть, ты и пастушки!..

— Расставь правильно акценты! У тебя здесь пастушки и я! — радостно предвкушая ссору, кричал Виталик.

Иногда он успевал начать кричать первым, иногда нет, но исход всегда был один — уже через несколько минут после ее прихода кричали оба.

Они упоенно, до визга, ссорились, ссора шла крещендо, с музыкально правильным увеличением накала, и достигала кульминации в крике Светланы «я никогда сюда не приду!» и Виталика «ты больше никогда меня не увидишь!».

В чем была суть претензий? «Ты должен, должен, должен...» все время повторялось в ее крике — должен звонить, спрашивать, как она, что чувствует, чего хочет... А он ее совершенно не любит, мало любит, *не так* любит, не так, как любил его отец! ...Все вокруг говорили «Виталик тебя обожает», но разве он любит ее *так*? Любуется, считает самой лучшей? Разве его любовь рождает в ней чувство безопасности?!

Затем наступал черед диминуэндо — постепенно ослабляясь, крик переходил к обессиленным «ты всегда так» — «нет, это ты всегда так», и они так же упоенно мирились, она плакала, обнимала его, сквозь слезы бормоча «я... я...». После этого они без перехода обсуждали бытовые мелочи *бытовыми* голосами: она хочет поменять ему домработницу, ему нужна джинсовая куртка, но только определенной фирмы, — и Светлана уходила.

Замечала ли Светлана, что ее встречи с сыном протекали в полном соответствии с оперной драматургией?.. До начала основного действия экспозиция, короткая, как полагается в опере, чтобы быстро ввести зрителя в суть истории и начать петь, — в прихожей она перечисляла его последние прегрешения, придавая эмоциональную окраску голосом. Завязка всегда одна и та же — фарфоровые фигурки, кульминация — ссора, развязка — слезы и примирение.

Театральное представление, которое они давали друг другу, было *хорошим*. Декорации всегда одни и те же, но мизансцены были построены по-разному, иногда она плакала, а он стоял над ней, иногда она плакала, а он убегал и возвращался, она потягивала руки — он приближался, или она протягивала руки — он отворачивался, чтобы броситься к ней неожиданно, резко. И звуковой ряд был неплох: голос Светланы, шум, который она производила, хлюпанье, рыдания; и зрительный ряд выразительный, хотя здесь лучше был Виталик, жесты Светланы были подчеркнуто драматичные, оперные. Это был *хороший* спектакль.

Но если это был театр, хороший театр, то какова была сверхзадача, цель, ради которой создавались актерские образы и весь спектакль? Виталик, интересуясь, в чем суть чего-то рядом с ним происходящего, спрашивал «про что кино?». Так вот — про что кино? Что говорили они друг другу этим криком? Что они друг друга любят? Что без Вадима они две сироты, но нужно жить, а жить без него трудно?.. Или просто у Светланы был плохой характер и она всего лишь пыталась выкричаться?..

Следующая по расписанию встреча проходила у нее. И совсем иначе.

Накануне визита к Светлане, в субботу вечером, Виталик начинал нервничать, уговаривать Аришу пойти с ним, а в этот раз неприятность обычного визита дополнительно отягощалась приводом в милицию. Если самое мягкое из того, что предстоит услышать, «только посмотри, до какой степени падения ты дошел», человек вправе рассчитывать на поддержку. Ариша была просто обязана пойти с ним. Тем более мама так любит Аришу.

...Если бы Светлане сказали, что она властная мать, из тех, кто хочет двигать сыновьями, как кукловоды тряпочными куклами, она бы удивилась — вот уж нет, все совершенно наоборот, он делает что хочет, а она ему во всем уступает!.. Если бы ей сказали, что она хочет получить от сына то, что в избытке давал ей Ростов, преклонение, обожание, она бы расплакалась — никто не может его заменить... Если бы ей сказали, чтобы требовала любви от своего нового мужа, а не от Виталика... Но все это, интимное, может сказать человек, которому полностью доверяешь, кто не подсматривает из-за угла, ожидая, пока ты споткнешься, а таких в Светланином окружении не было. Кроме разве что Ариши. Но разве малолетняя Ариша могла бы все это, интимное, понять, сказать?.. Ариша не про сказать, Ариша про другое.

Светлана Ростова действительно любила Аришу. Называла Аришу «мой любимый ребенок» — в глаза, а за глаза «моя номенклатурная невестка с выражением глуповатого подобострастия», чем

109

очень веселила своих гостей. Виталик, если при этом присутствовал, добавлял с детской обидой: «Мамочка любит Аришу больше, чем меня... Мамочка, я тоже хороший...» — и, завершая аттракцион, тянулся к Светлане, словно просил, чтобы она взяла его на ручки.

Мамин день

Гости к Светлане были званы к пяти, ровно в пять Виталик с Аришей стояли на Кировском проспекте, напротив «Ленфильма». Светлана с мужем жили в третьем от угла доме, что было для Михаила Ивановича Лошака, замдиректора «Ленфильма», чрезвычайно удобно.

— Сейчас Рекс на меня набросится, схватит за штаны, поволочет в зубах... Одна надежда, что при гостях не сожрет... Я Рекс!.. Гав-гав!.. — Виталик изобразил, будто кусает прохожего.

Прохожий посторонился, выразительно взглянув на Виталика. Ариша строго сказала «Рекс, фу!..» и, тоненько засмеявшись, сказала вслед прохожему «Извините...».

«Рекс» было одно из многих прозвищ, придуманных Виталиком для Михаила Ивановича, — «папочка», «наш муж», «Чурбан», «Чурбанище», «Медвежонок Миша», «Лошара». «Рекс» было самым удачным, самым смешным прозвищем, — стандартное имя для овчарки максимально точно выражало характер Михаила Ивановича и максимально забавно противоречило его уютной внешности. Невысокий, полноватый, щекастый, с мягким широким лицом, животиком, коротковатыми полным руками, он ничем не напоминал поджарую сухую овчарку, если и был похож на кого-то, то на славного плюшевого мишку, мишку-неваляшку. Как и положено человеку пикнического типа, Лошак был жизнерадостен, чрезвычайно общителен, улыбчив, то и дело закатывался прелестным смехом, в общем, производил впечатление человека самого добродушного.

А вот характером, человеческой сутью он действительно был похож на овчарку, смысл жизни которой вовсе не добродушно вилять хвостом, ласкаться, а нести службу, охранять, работать.

На Светлане Михаил Иванович Лошак был женат четвертым браком, что у не близких к нему людей вызывало недоумение. К примеру, паспортистки в ЖЭКе, хихикнув над его фамилией и заглянув на страницу с необычным количеством штампов о браках и разводах, удивлялись: такой милый, обаятельный, *толстенький*, что ж он все время женится?.. Судя по штампам, все жены Михаила Ивановича брали его фамилию — разводился Михаил Иванович всегда с очередной гражданкой Лошак, но Светлана на его улыбчивое «...Ты можешь на сцене остаться Ростовой, но ты моя жена... одна фамилия... бу-бу-бу, бу-бу-бу...» фыркнула: «...Ну, Миша... Светлане Ростовой стать Светланой Лошак?! Это смешно. И вообще, ты же понимаешь...» Михаил Иванович улыбнулся — смешно и кивнул — понимает. Но оказалось, они *понимают разное*. По ощущению Светланы расклад был такой: она была замужем за звездой мирового уровня, а Миша — обыкновенный человек. Хотя должность у него прекрасная, лучше не бывает, лучше замдиректора «Ленфильма» только директор «Ленфильма».

Больше всего Светлана любила власть. Не официальную, конечно, власть, а чтобы быть в центре, чтобы все театральные, отталкивая друг друга, кружили вокруг, боролись между собой за счастье попасть в ее *ближний* круг, дабы прикоснуться к славе Вадима Ростова, сказать походя «вчера у Ростовых...». Лошак хоть и не творец, в этом смысле мезальянс после гениального Ростова, *в смысле власти* подходил ей идеально. Власть у замдиректора «Ленфильма» большая, на нем все производство, все в его руках... На вопрос «Чем ты занимаешься?» Лошак ответил: «Да всем: деньги, сроки...» Деньги, технику — дать или не дать, отсрочить съемки или разрешить... Можно сказать, что Светлана уже потирала руки — режиссеры от него зависят, он разрешает конфликты... Киношная среда для нее новая, но она разберется, *она* будет разрешать конфликты, *к ней* будут приходить режиссеры, она будет царить на киностудии. В мечтах Светлана уже видела себя влияющей на распределение ролей, а затем и распределяющей роли... в смысле власти возможности просматривались — ух! Как будто стать императрицей. Светлана очень удивилась, когда оказалось, что *все не так*.

...С каким важным видом он произносит: «Во-первых, у меня работа...» Во-первых, работа, и во-вторых, работа... Так, извините, любой директор магазина будет говорить с важностью: «Во-первых, у меня работа...» Вадим никогда не произносил «работа» с таким унылым пафосом, с такой гордой и покорной интонацией человека, тянущего в гору огромный воз.

Воз, конечно, был огромным: «Ленфильм» — огромное хозяйство. Светлана поначалу честно пыталась разобраться, где что и как работает. Цех звукотехники, видеопавильон для проведения кинопроб, фонотека, три ателье озвучания, цех комбинированных съемок, цех обработки пленки, оружейно-пиротехнический цех, фотоцех, цех декоративно-технических сооружений, монтажный цех, автомобильный парк... Возведение декораций в павильоне и на натуре, график использования съемочной техники, объем работ по звуковой части, заявки на оборудование и материалы, на аппаратуру для синхронных съемок, для съемок под фонограмму, для записи звуковых эффектов... Кто что снимает, когда кому поставили сроки, режиссер переманил оператора из другой съемочной группы... Это оказалось ужасно скучно — он же просто хозяйственник, как прораб на стройке... Скукотища. Не царское это дело.

А что касается власти — не на того напали!.. Власть была у него, не у нее, и как могло быть иначе при таком его характере? Жениться, как он женился, не думая о пересудах, уйти из семьи к месяц как овдовевшей женщине, у которой *публично трагически* погиб муж, способен лишь человек, привыкший распоряжаться своей жизнью — и чужими. Так что — за что боролись, на то и напоролись.

В домашней жизни Михаил Иванович пользовался теми же правилами, что в руководстве ленфильмовским хозяйством — единоначалие и контроль. Он, как овчарка, постоянно нес службу, обходя свою территорию, не допуская ничего неположенного согласно правилам внутреннего распорядка и строго наказывая нарушителей, и поскольку они жили вдвоем со Светланой, нарушителем бывала она одна, на нее одну выливался весь его овчарочий пыл. Было оговорено все: время приема пищи и что готовить, как застилать постель и по каким дням они ложатся в нее вдвоем, а по каким дням она может его не дожидаться, кто и когда приходит в гости. Как будто Светлана стала женой унылого подполковника в отставке, а не добродушного *толстенького* замдиректора «Ленфильма». ...Кроме того, у Михаила Ивановича был просто плохой характер, плохой в самом примитивном смысле: он был склочен, капризен, придирчив.

— Нет, не пойду... скажу, что живот заболел... — простонал Виталик.

Ариша потянула Виталика за руку:

— Если ты так переживаешь, давай не пойдем...

— Нет... Ты же знаешь, я прихожу с визитом и получаю деньги из рук в руки, из лап Рекса в мои загребущие лапки. Ради наживы придется сделать вид, что у нас мир-дружба-жвачка...

Жизнеобеспечение Виталика было устроено Светланой следующим образом: она платила домработнице за уборку и стирку, но продукты покупать не доверяла, ей казалось, что домработница ее обкрадывает. Виталик сам получал деньги на еду, при этом он мог потратить все деньги на продукты, мог на все деньги купить вина или сходить в ресторан, мог всю неделю питаться всухомятку — это ее не беспокоило. Карманные деньги аккуратно рассчитывались и добавлялись к деньгам на еду.

Зачем Светлане нужен был этот унизительный цирк, этот регулярный ритуал: «Миша, ты не забыл дать Виталику деньги?», пока Виталик переминался с ноги на ногу в прихожей, и затем Мишино пересчитывание купюр, и Мишины расспросы, на что потрачены деньги, и Мишины похлопывания полной рукой по узкому плечу Виталика, и Мишин наказ не тратить лишнего. Может быть, она считала, что это по-семейному мудро: пусть муж помнит свою ответственность, Виталик пусть знает, кто его содержит? Ну... нет. Но в любом случае, из этих торжественных вручений денег вышли не мир-дружба-жвачка, а совсем уж невыносимая гадость. Виталик ненавидел визиты на Петроградскую со страстью человека, который по воскресеньям убеждается, что он не так независим, как ему представлялось с понедельника по субботу.

Виталик присел на корточки у подъезда, пригорюнился, сплел в клубок длинные руки и ноги. Перед тем как толкнуть дверь подъезда, ему всегда требовался последний вдох.

— Знаешь, кем я буду, когда вырасту? Я буду очень богат. Ты держись меня, девочка, — с нарочитой важностью сказал Виталик и всерьез, насколько он вообще мог *всерьез*, добавил: — Чтобы никто никогда не мог меня унизить своими вонючими деньгами.

...Виталик кривлялся у подъезда, а Светлана наверху ссорилась с мужем так, что перья летели в буквальном смысле — она со злости укусила подушку.

Светлана пересчитывала приборы, перепроверяла количество гостей: «Мы, три пары плюс один одинокий, получается девять человек, плюс Виталик с Аришей, всего одиннадцать... Милый мой, любимый... Черт бы тебя драл, черт бы тебя драл!»

«Милый мой, любимый» относилось к Вадиму, «черт бы тебя драл» — к новому мужу. Мысли о Вадиме приходили к ней не в принятые для воспоминаний дни — в первый год она забыла день его рождения, во второй год не поехала на кладбище в день смерти. Она думала о нем — пусть это покажется странным, но это было именно так — в те мгновения, когда ее обижали, обижали в театре или обижал муж.

...Сегодняшняя ссора началась... даже не вспомнить, с чего началась, в таких ссорах главное не повод, а то, что под тихой водой... Светлана оделась — новое платье, новые туфли, прическа, брошка, прошла на кухню, молча встала перед мужем — смотри!..

— Что ты молчишь?.. Как брошка? Красиво?.. — И уже чуть обиженно повысила голос: — Красиво?!

— Там, где брошка, там перед, — пробормотал Михаил Иванович.

Это была строчка из старой глупой песенки, но Светлана решила, что ни за что не даст испортить себе настроение перед приходом гостей.

117

Михаил Иванович, наклонившись к духовке, тыкал длинной вилкой мясо — не жесткое ли, из духовки торчал его круглый зад, и душой он был весь в духовке... Крякнув, разогнулся, повернулся к Светлане, оглядел ее и довольно сказал:

— Мясо нормальное. Не жесткое. ...А что это на тебе?.. Новые туфли? У тебя есть такие туфли, черные, лакированные, но без бантика. Откуда туфли?

Светлана вздохнула — от него ничего не скроется, но какой глупый вопрос, как будто она украла туфли или, как в детстве, взяла поносить у подружки.

— Ну, Миша... — Светлана вытянула ногу, улыбалась, но голос чуть дрогнул: — Туфли, новые...

Михаил Иванович одобрительно взглянул на стройную ножку, засмеялся своим прелестным хохотком. Хохотков у него было два: первый — прелестный с подвизгиванием, так он смеялся хорошей шутке, анекдоту, и второй — раскатистый, до слез в глазах. Хохоток номер два был известен всему «Ленфильму» и означал «то, чего вы у меня просите, — не дам». Михаил Иванович был *хозяин* и в ленфильмовском и в своем личном хозяйстве все траты делил на необходимые и ненужные. По отношению к Светлане он не был скуповат, это было другое, ярко выраженное чувство целесообразности: домработница, приходящая раз в неделю к Виталику, — необходимая трата, он ведь не хочет, чтобы мальчик жил с ними, а черные лакированные туфли с бантиками — ненужная. В ненужных тратах Михаил Иванович был жаден так трогательно, по-детски неудержимо, ему так физически было трудно потратиться на ее одежду, что посторонний наблюдатель мог бы его пожалеть, погладить по голове, сказать «бедный ты, бедный, жадина-говядина».

...Вот и ответ на вопрос, зачем Светлане нужен был весь этот цирк, почему бы ей не отдавать свои личные деньги сыну. Отдавая свою зарплату в семейную кассу — с Вадимом ее зарплата никогда не учитывалась в семейном бюджете, — Светлана старалась утаить, что могла, соврать, что часть зарплаты «куда-то подевалась», и эти утаенные деньги тратила на себя. С Михаилом Ивановичем было полное материальное благополучие — квартира-машина-дача-мебель, но откуда же быть настоящей одежде без постоянных заграничных гастролей? Нужно покупать здесь, у спекулянтов, а он считал: новый сарай на даче — это да, а переплачивать за фирменную кофточку — это нет.

Можно осудить Светлану за то, что она пожертвовала достоинством Виталика ради фирменной кофточки, а можно пожалеть: прошли времена, когда она одевалась, *одевалась* с размахом, шиком; теперь, чтобы завистливый блеск в глазах приятельниц не сменился насмешливой жалостью,

119

приходилось ловчить, выкручиваться, лгать, что сколько стоило...

— Стоят семьдесят рублей...

— Семьдесят рублей за бантик?..

Дальше слезы, сбросила туфли, швырнула на пол, аккуратно швырнула, чтобы не повредить лак, разрыдалась.

Господи, где широта, щедрость? Вадим никогда не спрашивал, молча доставал кошелек, ему в радость было, когда она покупала вещи, была счастлива, он ее любил... Вадим никогда... Вадим всегда... Это, конечно, не вслух, про себя.

— Я красивая женщина, я актриса, а ты...

Светлана бросилась в спальню, схватила подушку, вернулась на кухню к мужу и, словно желая сдержать рыдание, вцепилась в нее зубами. Не рассчитала, прокусила наволочку, по кухне полетели перья...

— Вот я и говорю: брось ты этот театр...

— Ах, театр?! Я тут плачу, а для тебя — театр?! Да, я актриса, я певица, а ты — зритель!

— Не плачь, Светочка, эти туфли тебе не нужны. ...Сними-ка брошку, у нее застежка плохая, дай я посмотрю, — озабоченно сказал Михаил Иванович. — А то упадет — затопчут, гостей-то много будет...

Гостей должно было быть много. ...Если бы не гости, не именно сегодняшние гости, а *вообще гости*...

Светлана кокетливо говорила приятельницам: «Мы нигде не бываем, с таким же успехом я могла быть замужем за прорабом...» — но ни фанатичная страсть Лошака к работе, ни его жадность, ни даже то, что царить на «Ленфильме» не получилось, не мешали ей считать свой второй брак удачным. И если вернуться назад, к страшному времени, к гибели Вадима, если опять решать, она опять решила бы как на старте — раз, два, три, — замуж. Быстрей, обогнать всех, прийти к финишу первой, пока не столкнули с дорожки.

Это был скандал года. В театре ее осуждали в лицо, не отворачиваясь, декламировали: «О, женщины, ничтожество вам имя! Как? Месяц... Башмаков еще не износила, В которых шла за гробом мужа... — Светлана успела выучить монолог наизусть. — ...Как бедная вдова, в слезах... И вот — она, она! О боже! Зверь без разума и чувства Грустил бы более! она супруга дяди... И месяц только! Слез ее коварных Следы не высохли — она жена другого!»

Театральная общественность обсуждала подробности, в буфете, в гардеробе, в гримерке, специально громко шептались — как ей удалось увести от молодой жены отца трехмесячной дочери? Был ли этот Лошак ее любовником при Ростове? Если да — какая гадость, Ростов *лучше*, если нет — гадость, что так быстро. Нетеатральная общественность в лице соседей по двору обсуждала только гадость.

Но ведь они не знали! Ей нужно было выйти замуж. Ей было тридцать восемь лет, когда погиб Вадим, через два года сорок. Кому нужна сорокалетняя женщина? Что ей оставалось — смотреть, как вслед за ушедшим Вадимом уходит *все*? Ее дом был домом Вадима Ростова, подобострастные приятельницы мечтали попасть в дом к Ростову, а не к ней. Кто она без него, если взглянуть правде в глаза? Не прима, не успешная певица, не центр светской жизни, не, не, не... Одно только без «не» — стареющая женщина. Сорок лет! *Ужас!* Разве они знали, какой ее обуял ужас?.. А деньги?! На что ей жить?!

Почему так неприлично быстро? Да потому.

Нужно было торопиться, пока была в ореоле трагедии, пока была вдова трагически погибшего гениального Ростова. Уже спустя полгода она была бы никем, потускневшая бывшая красавица, бывшая жена звезды, а сейчас никто... У нас так быстро забывают!.. Месяц, не больше, все полны трагедией, предлагают помощь, а через полгода к вдове приходят десять человек, а вдова продает серебряные ложки, чтобы стол накрыть, а еще через год за поминальный стол садится одна вдова... Ну уж нет!.. Пусть сколько угодно говорят — «цепкая», «расчетливая». И что?! «Расчетливая» означает, что думает, даже если тонет, «цепкая» — значит, крепко держится за спасательный круг. Миша, когда она приняла его предложение, — никто не поверит, но между ними еще не было секса, — Миша сказал ей: «Ты *правильно* решила». Правильно! И пусть все катятся к черту — она сделала то, что было нужно, в нужное время ради себя и Виталика.

После таких сцен, как сегодня, после, как она называла для себя, «приступов жадности» Светлана смотрела на нежно улыбающегося мужа — чем решительней ему удавалось отказать ей в «ненужных тратах», тем он бывал нежнее. Зачем он женился? Да еще так скандально — ушел из семьи, бросил ради нее жену с маленькой дочкой.

Зачем?.. А любил ее давно, ходил на все спектакли, смотрел на нее с первого ряда, ждать не пожелал, — все просто.

У него все просто, *нечеловечески* просто. Почему нельзя было жить вместе с Виталиком?.. Ответ был: «Светочка, будешь к нему приходить, а мы должны начать вдвоем. Я же своего ребенка оставляю». И сколько она ни доказывала, что *это не одно и то же*, ответ не менялся — «не понимаю». Потом она поняла, что у него «не понимаю» означает «нет». Говорит не в шутку: «Кто здесь главный?..» Вадим никогда, никогда, никогда не думал, что он главный!.. С Вадимом было органично, как только бывает в юности, — он гений, она талантлива. Потом выяснилось, что он гений, а она не талантлива, но все равно это было свободное развитие каждого, блистательный брак, в котором неважно, кто бриллиант, а кто оправа... Ее новый брак был абсолютно противоположен браку с Вадимом, настолько противоположен, что можно было бы составить таблицу — что было и что стало. Вадим был весь эмоции, весь понимание, отклик, а Миша — он все умом, рациональный человек... иногда бывает не просто эмоционально беден, а туп. Разве он понимает, как она обожает Виталика? Как страдает!

Светлана подумала о сыне и, как всегда бывало перед его приходом, рассердилась. Миша не любит проблем, а Виталик — проблема. Здесь, в ее новом доме, ни слова в простоте не скажет, разыгрывает спектакль «мама вышла замуж». Тоже мне, театр одного актера и одного зрителя... Не понимает, что здесь ей не до его кривляний, здесь она много чего должна, по списку, в том числе — не иметь проблем с сыном. Виталик тоже иногда бывает эмоционально туп! Разве он понимает, как она его обожает?.. Как страдает!

А в целом ее брак удачный. На вопрос, оправдал ли этот брак ее ожидания, Светлана ответила бы — да!.. Пусть демократия в ее доме сменилась монархией, тиранией, пусть новый муж строит ее, как сержант новобранцев, но — да, да! Она получила самое главное, что любила больше всего, — положение, премьеры в Доме кино, открытый дом, блеск умов и талантов — в гостях у Лошака бывали все: и самые известные режиссеры, и знаменитые актеры — Смоктуновский, Гурченко, Миронов, не говоря уж о питерских... Приятельницы, как прежде, роятся вокруг нее, мечтают попасть к ней, даже *больше мечтают*: музыкальный круг сменился на киношный, прежде им недоступный. Она в центре, пусть по-другому, не как певица Светлана Ростова, равная великому Ростову, а как просто хозяйка дома, ну и что?.. Все-таки Бог, который всегда присматривал за ней сверху, как воспитательница в садике, *присматривал за ней неплохо*, позволил ей вытянуть счастливый билет.

Звонок.

— Твой сын! — крикнул Михаил Иванович.

Спеша в прихожую, Светлана услышала его ласковое журчание: «Аришенька, девочка...» Любит Аришу. Любит Аришу, всегда говорит: «Вам с Аришей повезло». Вам — Виталику и ей.

— Ариша, мой любимый ребенок!.. Виталик, почему ты принес красные розы? Ты же знаешь, я больше люблю белые!.. — При виде сына в голосе Светланы мгновенно появлялись капризные нотки, она даже внешне менялась, расцветала, как будто не сын пришел, а влюбленный в нее мужчина.

...Поначалу новый круг казался Светлане странным, немного даже ущербным. В прежнем, музыкальном, кругу говорили, конечно, о том, как прошли гастроли или о графике концертов, но никому не приходило в голову рассуждать на сугубо профессиональную тему, к примеру, о нюансах исполнения Баха. Их с Вадимом постоянный любимейший гость, известный музыковед — читал им в консерватории «Историю и теорию исполнительского мастерства», образованнейший человек, блестящий критик, — по-преподавательски поругивал Вадима то за то, что он из соображений конъюнктуры включил в репертуар высокотехничные произведения, то за эмоциональный аскетизм в интерпретации Первой баллады и Второго фортепианного концерта Шопена... Но разве такой разговор возможен был за столом?.. Киношники вели себя так, словно кроме кино на свете нет ничего, и, как избалованные дети говорят только о себе, говорили только о кино.

Сегодня, как и всегда, все разговоры крутились вокруг кино, Светлана как хорошая хозяйка прислушивалась одновременно ко всем разговорам и каждому гостю посылала сигнал хорошей хозяйки: кому улыбку, кому пару ничего не значащих слов.

— ...На студии опять работает комиссия, проверяют по анонимке...

За два года, что Светлана была женой Лошака, на студии проводилось бессчетное количество проверок по анонимкам: писали-проверяли, писали-проверяли. Ни одна проверка не закончилась для него выговором, он даже не слишком нервничал, относился к этому философски: собаки лают, караван идет.

— ...пятый раз возили — и опять не принял... Ничего не смыслит в искусстве, а туда же... Дубина!

Сначала Светлана ничего не понимала, но теперь она уже ориентировалась настолько, чтобы из нескольких отрывочных слов понять: «дубина» относилось к первому секретарю обкома. Каждый фильм нужно было сдавать в обкоме партии, редко какие фильмы принимали с первого раза, но пятый раз — это действительно слишком...

Лошак кивнул и нарочито сурово взглянул на Аришу, как будто упрекая ее, дочку большого партийного начальника, в партийном самодурстве. Ариша быстро состроила ему гримаску — я ни при чем, дети за отцов не отвечают. Между ними была своя игра, свои отношения.

— У меня есть замена... — громко, на весь стол, сказал Лошак.

Светлана вздрогнула, задержала дыхание, стараясь не показать волнения. Речь шла о «Пиковой даме» Масленникова, — на стадии озвучания приболела певица... Спеть в «Пиковой даме»?.. Это была бы фантастическая удача! При ее теперешнем положении в театре это была бы победа... Когда муж предложит ее, нужно ни в коем случае не показать свою бешеную радость, сказать: «Ну, что же. Попробуем, посмотрим...» — и только — когда начнут уговаривать... спокойно, с достоинством согласиться.

— Молоденькая, еще студентка, учится у нас в консерватории... чудный голос...

Заплакать?.. Заплакать, закричать: «Как ты мог?! Я же твоя жена!» — вцепиться в него, разодрать ногтями физиономию, стереть с нее эту его знаменитую добродушно-хитроватую улыбку?

Пригодилась многолетняя театральная выучка, привычка держать удар. Выбрав момент, Светлана тихо сказала:

— Ты что?! ...Я! А ты!.. Какую-то студентку?!

— Я о тебе как-то не подумал. ...Я рыбку красную забыл порезать, порежешь?..

Михаил Иванович улыбнулся, хохотнул очаровательно, и это было все.

...Светлана Ростова, конечно, женщина светская, при гостях скандалы мужу не устраивала и от гостей в другую комнату — пошептаться с подружкой — не уходила. Но это была обида, такая, что невозможно стерпеть, разговаривать с чужими, улыбаться, резать эту его *красную рыбку* — невозможно.

Схватила Аришу за руку, потянула в спальню, только что не подтолкнула, — скорей, скорей, сейчас расплачусь...

128

— ...Как он мог?.. Муж должен помогать, обязан продвигать жену... В театре он ничего для меня не может, а тут первый раз такая возможность... а он... студентку... и так равнодушно — «ты же оперная певица»... как будто он не знает... Он знает, что мне не дали Графиню... — Светлана прерывисто шептала-нашептывала, оглядываясь на дверь спальни — вдруг кто-то заглянет, увидит, как ей плохо. — Я уже почти не надеялась, что мне дадут Графиню, так и вышло... Весь меццо-репертуар ее. Любаша ее, Азучена ее, Эболи, Лель, Ольга... Проще сказать, что она не поет!.. А теперь еще и Графиня... Если бы только она ушла в Большой!..

Она — это Гороховская. Когда Евгению Гороховскую одновременно пригласили Большой и Кировский, она выбрала Кировский, и уже несколько лет все партии меццо-сопрано пела она: Любаши в «Царской невесте», Азучены в «Трубадуре», Эболи в «Дон Карлосе», Леля в «Снегурочке», Ольги в «Евгении Онегине». А у Светланы в первом составе — ничего, кроме Церлины. Она так надеялась на Графиню в «Пиковой даме», но нет.

— Нет, я же не идиотка, я понимаю! Когда она поет «Господь тебя осудит» — потрясающе, великолепно... Мне с ней не равняться. Но можно же разделить, оставить ей русский репертуар, а мне отдать западный... или часть западного! Разве справедливо, что у меня второй год ничего, ничего?!

Ариша наклонилась к Светлане, неосознанно приняв ту же позу, что и она, дышала в унисон, в глазах плескалось сочувствие, *со-чувствие*, она словно чувствовала ту же беспомощную обиду, что Светлана. Из-за этого ее редкого качества — не оценивая и не высказывая *мнение*, чувствовать *то же самое*, самолюбивая Светлана, для которой невыносимой была жалость, рассказывала Арише все самое стыдное, что стыдно было сказать даже себе самой. Все должны думать, что у нее все прекрасно, лучше всех, и только с Аришей она словно падала в перину любви, понимания, принятия, перед Аришей не стыдно, Ариша — безопасная.

— Помнишь, второй дирижер сказал, что я вообще не меццо? Помнишь, прямо так и сказал: «У сопрано звук куда плотнее, чем у стоящего тут меццо-сопрано». «Стоящее тут меццо-сопрано» — это я... Из меццо меня вытеснили. Уже ясно, что мне не дадут ничего. Но тогда я могла бы петь сопрановые партии!

В принципе Светлана была права — она могла бы петь партии сопрано, граница между сопрано и меццо-сопрано четко не определена. Только в русской оперной школе меццо-сопрано значительно отличаются по тембру от центральных и высоких сопрано, а на Западе различие между меццо-сопрано и центральным лирическим сопрано лишь в диапазоне, и меццо даже как бы улучшает роли сопрано, придает образам драматическую глубину.

— Ты же знаешь... Я ждала, что дадут Ортруду в «Лоэнгрине» — не дали! При том, что я же хорошо играю! Все говорят, что я прекрасно играю! Вот и в «Вечерке» написали, что в Церлине у меня исполнительский темперамент!..

Церлина в «Дон Жуане» была единственная партия, которую Светлана Ростова пела в первом составе, а рецензия в «Вечернем Ленинграде» единственной за последний год, и та была посвящена не одной Ростовой, а Кировскому театру в целом. Написано было, кстати, не слишком хвалебное: что у Светланы Ростовой нет ни настоящих верхов, ни настоящих низов и она возлагает надежды на свой исполнительский темперамент, на красоту звука и на сценическое обаяние.

— Вот «Золушку» хотят ставить... Для Золушки я толстая... — печально добавила Светлана, и действительно, её фигура перестала быть такой сценичной, как прежде, за последние два года она не то чтобы раздалась, скорее уплотнилась, как будто не только психологически, но и физиологией своей подстраивалась под мужа, рядом с юношески хрупким Ростовым оставалась стройной, а с Лошаком они были как будто два колобка, спеченные из слишком круто заваренного теста.

— А если... Светлана... — Ариша запнулась, ей было неловко называть Светлану по имени и тем более на «ты», но Светлана требовала — Ариша ее самая близкая подруга, а близкие люди всегда на «ты». — Светлана, а если вам... если тебе уйти из театра?.. Ну, знаешь, петь не в театре, а в филармонии?..

— Мне уйти?.. — шепотом повторила Светлана. — Куда мне уйти, в Ленконцерт, что ли?.. Ты что, Аришка, с ума сошла? Я — в Ленконцерт?.. Все будут смеяться... Я певица. Что мне там петь? Русские народные песни?..

— Вы... ты придумаешь, что петь... Может, романсы?.. Ты каждую песню сыграешь, как в театре... Тебя будут любить, и тебе будет хорошо, ты будешь радоваться...

— Ага, радоваться. ...Целуй скорей и пошли к гостям, слышишь, кто пришел? Ты что, не узнаешь?.. — Светлана с подсказкой напела: — Пора-пора-порадуемся на своем веку...

Когда Светлана с Аришей вышли к гостям, за столом солировал Виталик. Для каждого «маминого дня» у Виталика был припасен какой-то аттракцион, в этот раз он представился иностранцем и разговаривал со всеми «через переводчика». Изображая туповатого немца, Виталик довольствовался ломаным «яволь», «ду бист айн швайн», «ахтунг, ахтунг, русиш шпацирен», «гебен зи мир битте»; «переводчик» — переводчика он, естественно, изображал сам — переводил «ду бист айн швайн» сложносочиненными тирадами о дружбе Советского Союза и Германии, о кино, о еде, и гости умирали от смеха.

Светлана уселась на свое место, и вдруг голос Виталика изменился. Держа в руке вырезку из газеты, он словно начал «переводить» всерьез:

— ...Глубина и философичность идейных замыслов, техническая виртуозность... знаменитый пианист-виртуоз очень красив и обладает тонким обаянием... завораживает зал манерой игры... он кладет руку на сердце, распахивает объятия, давая понять, что волшебство закончилось. Бисы, овации стоя, армия поклонников у входа... Это из немецкой газеты «Франкфуртер альгемайне цайтунг».

Светлана печально, пристойно поводу вздохнула, но на Виталика взглянула выразительно — она не собирается *забывать*, но за столом второго мужа говорить о первом не совсем уместно.

...В светской жизни Светланы с Михаилом Ивановичем Лошаком был один недостаток — сам Лошак. Внешне Михаил Иванович был таким домашним-уютным, и манеры его были домашними-уютными, даже *чересчур*, он сидел за столом с известными людьми, словно это был не светский прием, а посиделки на даче, вокруг него собрались родственники, и разговор может легко сойти на семейные дела. Он вдруг запросто, по-бытовому, с по-

Елена Колина

дробностями, начинал говорить о строительстве бани на даче — страстно, о внуке-двоечнике от дочери от первого брака — восторженно, о насморке двухлетней дочки от третьего брака — озабоченно.

«Ты еще расскажи, как тебе ботинки натирают... Ты как невоспитанный ребенок, о чем хочешь, о том сразу говоришь», — пеняла ему Светлана, но сколько бы ни пеняла ему она, Михаил Иванович о чем хотел, о том сразу и говорил, и если бы ему захотелось рассказать обществу о натирающих ботинках, он бы так и поступил — а все бы сидели и слушали как миленькие. Из этой его манеры много раз для Светланы выходила неловкость, а в этот раз для Светланы вышла неловкость большая, чем его баня, внук и сопливая дочка. Зачем, скажите, пожалуйста, за столом, при чужих людях, с родственным волнением и заинтересованностью затевать обсуждение, куда поступать Виталику.

— В театральный?.. Нет. Лично я против. Это выбор жизненного пути. Это вам не за столом выкаблучиваться, это надо поступить... Протекция в этом деле не нужна, а если сам не поступит? Я считаю, на филфак. Вот какие способности к языкам обнаружились, с немецкого переводит...

Светлана смотрела на него и натянуто улыбалась — какого черта он это делает?! Шутит, рассуждает, *считает*... Как будто самого Виталика тут нет, как будто он пешка, кукла...

134

Закончив с выбором жизненного пути Виталика, Лошак, добродушно подхохатывая, поругал его за вечеринки и шалости, рассказал, как Светлане пришлось по вызову нестись в милицию выручать непутевого сына...

— Нет, я понимаю, молодому человеку хочется позвать гостей... Но всему должна быть мера.

— Больше трех не собираться?.. — парировал Виталик.

Дальше — больше. Михаил Иванович отличался тем, что, *начав* быть нетактичным, никогда не останавливался на полдороге, а довольно далеко заходил на этом пути. Михаил Иванович рассуждал о методах воспитания вообще и в частности о тех, что применял к нему его собственный отец: «У нас в семье было просто: дуришь — не жрешь...»

— Вот я с тобой так же... нагадил — лишился денег.

Михаил Иванович вынул из кармана бумажник, из бумажника — медленно — купюры, пересчитал, отделил несколько, опять пересчитал, — гости как завороженные смотрели на толстенькие ручки, отсчитывающие десятки, — отделил две десятки, положил обратно в бумажник, остальные протянул Виталику через стол.

— Вот тебе твои деньги на неделю, пересчитай — здесь на двадцать рублей меньше. Вот так. Кушать — кушай, а на карманные расходы — фига.

Виталик залился краской — тонкокожий, бледный, краснел легко... Недаром они со Светланой так сильно раздражались друг на друга, в самых близких сильней всего отталкивает похожее, а они были похожи, как две матрешки, большая и маленькая. У обоих стержнем, на который наматывалось остальное, было самолюбие — умру, а не покажу людям, что мне плохо! То, что другой сделал бы запросто — выскочить из-за стола, крикнуть «Идите вы с вашими деньгами!..», хлопнуть дверью, — было для него невозможным: демонстрировать свою обиду на людях унизительно, как... как заплакать, описаться. Виталик сидел, пылал щеками, смотрел в стол, кривил губы, губы дрожали... Самим же *людям*, гостям, конечно же, любая его резкая реакция была бы понятней и приятней, чем наблюдать это молчаливое отчаяние, а так получилось совсем уж неловко...

— У тебя компании, тебе хочется показать своим дружкам, какой ты взрослый, самостоятельный... Твои гулянки влияют на мой распорядок жизни... Светочку могут каждую минуту вызвать... — бубнил Михаил Иванович с методичностью маятника. Он не хотел оскорбить, унизить, он хотел сделать то, что хотел, — донести до шкодливого пасынка свою мысль. — Если еще раз моя жена вынуждена будет поехать по свистку к тебе или в милицию, я тебя вообще сниму с довольствия... — Михаил Иванович наконец поставил точку и, благодушно улыбнувшись, повернулся к жене: — Я не для того женился, чтобы иметь проблемы, верно, Светочка?..

Виталик посмотрел на Светлану, Светлана, словно они играли в игру «передай другому», взглянула на Аришу, Ариша вскрикнула:

— Ой, я забыла, нам же в театр, я совсем забыла. Виталик, пойдем...

— Идите в театр, опоздаете... — только и сказала Светлана.

— Деньги-то, деньги возьми, — напомнил Лошак.

И все быстро о чем-то зашумели-заговорили, толпой вышли детей проводить, Аришу особенно приласкали — за такт, с Виталиком подчеркнуто уважительно попрощались за руку — за испытанное им прилюдное унижение.

Ариша считала, что люди искусства лучше *людей не искусства*. И это всеобщее сочувствие Виталику, и то, что Лошак не захотел заметить созданную им неловкость, подтвердило: люди искусства не только культурнее других, они добрее, мудрее, достойнее.

— Погодите минутку... — Светлана вышла за детьми на лестничную площадку. — Ариша, я подумала — а ты права!.. Я могла бы петь на концертах Генделя, Глюка, Моцарта... еще Мусоргского, «Песни и пляски смерти»... Уйти, утереть всем нос, хлопнуть дверью... Заманчиво. Я сама об этом думала, но боялась сказать вслух, а ты сказала, и вроде небо не упало! Аришка! Я тебя обожаю!.. Ну все, идите домой... А знаете что? Идите-ка вы и правда в театр. Я позвоню, чтобы вас посадили. Сегодня у нас «Аида».

* * *

В тронном зале дворца фараона в Мемфисе верховный жрец Рамфис сообщил начальнику дворцовой стражи Радамесу, что эфиопы опять идут войной. Оставшись один, Радамес запел о своих надеждах — он будет избран полководцем и женится на прекрасной рабыне-эфиопке Аиде. Во время знаменитой арии Радамеса «Celeste Aida!» Виталик пересчитывал лампочки на центральной люстре Кировского театра, а Ариша переживала за Радамеса.

Появилась влюбленная в Радамеса дочь фараона Амнерис — меццо-сопрано, партия, которую могла бы исполнять Светлана Ростова, затем Аида — сопрано, партия, которую тоже могла бы исполнять Светлана... Во время драматического терцета, в котором каждый из персонажей выражал свои чувства, Ариша решала, кого ей больше жаль — Амнерис или Аиду, Виталик, пересчитав лампочки на центральной люстре, перешел к подсчету лампочек на правой люстре. Под звуки фанфар вошли фараон Рамсес и весь его двор. Они выслушали сообщение гонца: эфиопы наступают под предводительством царя Амонасро, и фараон провозгласил, что египтян в бой поведет Радамес. Хор призвал египтян выступить на защиту священной реки Нил. ...Ария Амнерис **«Ritorna vincitor!»**... Под звуки марша все удаляются. «...Ура, сейчас будет антракт», — подумал Виталик. Но со сцены удалились все, а Аида осталась.

Аида молилась о своем отце, желая, чтобы он не пострадал в сражении, но осознав, что его победа означает поражение ее возлюбленного Радамеса, надломленная душевными муками, завершила свою арию мольбой к богам сжалиться над нею. Симпатии Ариши окончательно перекинулись на сторону Аиды, а Виталик, поерзав на стуле, перегнулся через бортик ложи — они сидели в пятой ложе бенуара — и заметил в соседней ложе Алену. Место справа от нее было пустым, а по ее левую руку иностранец — с первого взгляда было видно, по одежде, по манере держаться, что иностранец.

В храме бога Ра в Мемфисе собрались жрецы, чтобы совершить обряд посвящения Радамеса в главнокомандующие египетской армией. За кулисами голос Великой жрицы и хор жриц возглашал молитву, на сцене жрецы исполняли ритуальный танец перед алтарем, верховный жрец возносил торжественную молитву Египта, Виталик придумывал, как устроит Арише сюрприз: в антракте найдет Алену, подкрадется сзади, закроет глаза ладонями и напоет ей в ухо «ля-ля-ля-а», а затем поведет их с Аришей в буфет и прогуляет подачку Рекса. Церемония завершилась мощным призывом о защите священной земли, обращенным к богу Ра, Виталик облегченно вздохнул — антракт.

— ...Не говорить Арише, что ты тут?.. Что значит «отстань, я на работе?» — въедливо спрашивал Виталик.

Иностранец — немец — взял Алену под руку, вполне по-хозяйски у него получилось, потянул в сторону. Кинув Виталику «пока», Алена повела немца по лестнице в нижнее фойе, а Виталик — он мельком отметил, что сегодня уже *говорил по-немецки*, — вдруг произнес совершенно невообразимое: «Битте-дритте, мон хер ами, айн момент плиз...» — и пошел за ними. В нижнем фойе немец проследовал в направлении туалета, а Виталик с Аленой остались ждать в нескольких шагах от двери с черной картинкой «джентльмен».

— ...Про что кино, Алена? Ты что, в «Интуристе» работаешь? А почему не говорила? А может, ты *на работе*? На *этой* работе? — улыбнулся Виталик. — Слушай анекдот: приходит валютная проститутка к врачу...

— Я недавно в «Интуристе» работаю. Это первый раз...

— Алена?.. — Виталик схватил ее за руку. — ТЫ ЧТО, ОХУЕЛА, АЛЕНА?!

...Про мальчика, каким когда-то был маленький Виталик, чужие родители говорят «испорченный». Когда все дети читали «Из жизни насекомых», он мог бы написать книгу «Из жизни взрослых». Он раньше всех узнал, откуда берутся дети, зачем любая мама ложится в постель с любым папой... Из бурлящей вокруг него Светланиной жизни, из ее болтовни с приятельницами он многое знал, не только о сексе, но о жизни в целом. И еще он хорошо знал Алену: она могла прыгнуть с крыши, а врать не умела, когда нужно было соврать, она врала и злилась.

...Алена, кстати, почти не врала — впервые за время ее «работы» ей нужно было пойти с клиентом не в номер, а в театр, и это оказалось ужасно, еще ужасней. То, что происходило с ней в «Европейской», было ненастоящей жизнью, ее можно было считать сном, кошмаром, а здесь, в театре, была настоящая жизнь. Гардероб, где они с мамой и Аришей однажды ждали, пока все возьмут свои пальто, потому что она потеряла номерок, буфет, где мама покупала им бутерброды, скучнейшее «Лебединое озеро», на котором она когда-то укусила Аришу, не рассчитав силу, так что Ариша охнула на весь зал...

Театр неожиданно оказался шоком, то все был сон, а сейчас ей как будто кто-то сказал: «Нет, не сон, милочка, это твоя жизнь — ты проститутка». ...Может быть, музыка Верди разбередила бедную Аленину душу, может быть, нежданное появление

141

Виталика, человека из ее настоящей жизни, *детского* человека, родного, а может быть, кошмарный сон снился ей так долго, что пришла пора ему пролиться слезами — именно сейчас, в антракте, у двери мужского туалета.

— Алена, не реви... Номенклатурная ты моя, ты что, правда?.. Ты представительница древнейшей профессии?.. Ох, и ни фига себе!.. Тебя что, шантажируют? Ты что, на деньги попала? Тебя что, органы прихватили? Ты что, не могла прийти к отцу с этой своей херней?

Нет, отвечала Алена, нет, нет, *нет*! ...*Да*! Шантажируют.

— ...А вот твой клиент, уже пописал... — сказал Виталик.

Втроем поднялись в главное фойе, втроем — Виталик, Алена и *клиент* — прогуливались по кругу в потоке нарядных пар. Немец глазел по сторонам, Алена тихо, как шептались на уроке, рассказывала Виталику о «капитане КГБ», — немец подозрительно вскинулся на знакомое всем звукосочетание «кагэбэ», и Виталик ему покровительственно улыбнулся, сказал «не дрейфь, чувак», немец не понял, но заулыбался. Алене Виталик глубокомысленно сказал, что «капитан» — одновременно сутенер и кагэбэшник, что Алена, такая умная, такая храбрая, так глупо попалась, и так ей и надо — а вот потому что слишком храбрая.

— Дура ты, Аленища. Красавец капитан в баре «Европы» — это же прямо кричит, орет во весь голос «не подходи, не трогай!». ...Ну, и что нам теперь делать?

— Ничего нельзя сделать. Только если убить шантажиста.

— Убить я не готов... — усмехнулся Виталик. — Могу анекдот про валютную проститутку рассказать... Третий звонок! Ладно, потом расскажу.

— Ты где был так долго? — прошептала Ариша, когда Виталик, пробравшись на свое место, сел рядом с ней.

— Очередь была в туалет... Давай не смотри по сторонам, смотри на сцену, там эта пришла... Аида, — прошептал Виталик, взял Аришину тоненькую ручку, погладил, пройдясь по каждому пальчику, и, оглянувшись на соседей, не смотрит ли кто, быстро поцеловал, как клюнул.

ДНЕВНИК ТАНИ

25 июля. Очень важная фигня

На свадьбе Виталик подошел ко мне и сказал:

— Дурак-дурак-дурак, вступил в законный брак, когда можно осторожно, потихоньку, просто так... Ладно, это все фигня...

На самом деле свадьба Виталика не фигня, а детектив. Психологический детектив, а не с убийством.

Почему мама Виталика разрешила ему жениться? Светлана должна была кататься по полу, биться в истерике, кричать «Только через мой труп!». А она всю свадьбу пушилась довольным котом. Как будто женить Виталика перед началом первого курса так же естественно, как купить ему к первому классу пенал и ранец... Как будто гости не перешептывались, глядя на невесту: «Чья она дочка?.. Ах, вот как... странно...»

Когда закричали «горько», Ариша заплакала. Виталик посмотрел на нее беспокойно, и она подошла к нему и, хлюпнув носом, сказала: «Желаю тебе счастья». Ариша добрая. Есть теория, по которой все, что человек делает, он делает для себя, и добро творит для себя, потому что испытывает в этом потребность. Эта теория совершенно исключает понятие доброты как природного свойства, как форму ушей или цвет глаз. У Ариши ушки маленькие, глаза большие, серо-зеленые, и она добрая.

Но как ей жить, такой доброй? У нее руки раскинуты, у нее все можно отнять!

Не могу я писать про Аришу! Слова не складываются в предложения, как будто я вдруг стала косноязычной. Все мое как будто отдельно от меня, руки сами не пишут, глаза сами плачут. Потому что — ЧТО ЖЕ, ЕСЛИ ЧЕЛОВЕК ДОБРЫЙ, У НЕГО ВСЕ МОЖНО ОТНЯТЬ?! Ариша на свадьбе смотрела на Светлану как ребенок, который не понимает, за что его наказали.

Невеста Виталика Зоя приехала из Ярославля, работает на «Ленфильме» монтажницей. Зое 25 лет, у нее взрослое лицо, пышная взрослая фигура. Тетя Фира ее видела, сказала «приятная женщина». Для Светланы эта Зоя — ничья дочка, не того круга, без образования, провинциалка, охотница за пропиской, и Виталик, нежный-хрупкий, рядом с ней как подросший воспитанник рядом с няней. Почему Светлана разрешила?!

Я сказала Алене:

— Виталик любит Аришу, он будет любить Аришу всю жизнь... Может быть, невеста беременна и он женится как благородный человек?..

— Виталик по-настоящему благородный человек, он для друзей ВСЁ, — не к месту серьезно ответила Алена.

— Что ВСЁ? Он вытащил тебя из Невы? Что это было... подвиг во льдах?.. — Я хотела сказать «пожар во флигеле или подвиг во льдах» и вовремя осеклась — я идиотка, шутить об огне с Аленой?!

— Он сказал: «Ты мне дороже обезьяны».

Обезьяна — это, конечно, шутка, какая-то смешная история. А я почему не знаю?!!

Я щипала Алену под столом и шептала:

— Расскажи! Расскажи, расскажи!.. Какая обезьяна?..

Но Алена только сказала:

— Просто он так сказал: «Ты мне дороже, чем эта хренова обезьяна».

И улыбнулась — мы так улыбаемся друг другу, когда кто-то не понимает нашу шутку. Почему Алена так улыбается мне? Как будто у меня недостаточно чувства юмора, чтобы оценить их с Виталиком смешную историю! Ужасно обидно, что у них есть своя классная шутка, своя смешная история без меня.

Не люблю, когда меня отстраняют, ненавижу, когда смешное — без меня!

Кто это хренова обезьяна?

В день печальных загадок хотя бы одна смешная разгадка...

Кто же эта Хренова Обезьяна? Какая-то подружка Виталика, кто же еще. Но кто? Кто-то из «дочек»?

Мне трудно писать, в голове все путается, то ли от нелепости этой свадьбы, то ли оттого, что я думаю только о том, как бы незаметно схватить соленый огурец. Я уже съела пять. Сейчас Алена, как в «Москва слезам не верит», строго спросит, подперев голову руками: «Ну, и давно тебя на солененькое потянуло?»

Такой сцены не может быть. Алена же знает, что я беременна. Наверное, беременность влияет на мозг.

* * *

Между тем Хренова Обезьяна вовсе не была ни одной из артистических или киношных дочек, но была такой важной на свадьбе, что могла бы восседать во главе стола рядом с женихом и невестой, именно фарфоровая обезьяна-скрипач, «эта хренова обезьяна» послужила поводом к этой странной свадьбе...

История была простая, логичная, как цепочка, одно событие вело за собой другое, но каждый из фигурантов этого дела знал свой кусочек, свое звено, а всей правды не знал никто, ни взрослые гости, изумленные социальной незначимостью невесты, ни дети, друзья Виталика, ошарашенные его изменой Арише.

Обезьяна-скрипач мейсенского фарфора высотой около 13 сантиметров, в голубом, отороченном золотом кафтане была извлечена Виталиком из шкафа, в котором хранилась Светланина коллекция (а оставшиеся фигурки он аккуратно раздвинул так, чтобы скрыть пустое место), и продана коллекционеру за четыре тысячи рублей — сумму, почти равную стоимости первой модели «Жигулей». Эту модель в народе называли «копейкой», копейка стоила пять с половиной, Резники всю жизнь копили, да так и не накопили, купили «Москвич».

Но откуда у Виталика, не по возрасту много знающего о жизни, но все же малолетнего, знакомства в среде антикварной торговли?

Коллекционера Виталик нашел через продавщицу комиссионного магазина антикварной торговли на Невском «Три ступеньки вверх», работающую там с открытия в 61-м году, когда Виталик еще не родился, и соответственно годившуюся ему в матери. А как он познакомился с продавщицей, как вообще Виталик заводил свои бесчисленные знакомства, как умел расположить к себе взрослых? «Любая тетя-мотя немедленно стремится стать мне родной матерью, и чем тетемотистей объект, тем быстрей получается стать опекаемым сыночком», — говорил Виталик, а уж как он это делал — не объяснить, это чистые глаза, нежное лицо мальчика из хорошей семьи, улыбка в стиле «тетенька, я потерялся», это — талант.

Виталик отдал продавщице завернутую в салфетку обезьяну, а уже через несколько дней получил от нее надорванный конверт — не с деньгами, а с адресом. Встреча была назначена на Невском, за армянской церковью, куда он отправился под конвоем продавщицы — она с материнской заботой разорвала конверт и сопроводила Виталика на встречу, пожелав убедиться, что операция по продаже фарфоровой статуэтки пройдет у ее чудного мальчика как должно, без неожиданностей.

Развязав розовую ленту на коробке конфет, полученной от покупателя — изящных манер, очевидно, был человек, — Виталик как-то даже беспомощно взглянул на продавщицу — он думал получить за обезьяну рублей триста, а тут... «Ни фига себе... вы когда-нибудь видели *столько* денег?..» Ну, продавщица, конечно, видела, ей по-матерински было приятно, что с ее помощью этот милый малыш тоже увидел, и она покровительственно кивнула: «В антикварном мире свои законы... если хорошая редкая вещь...»

В антикварном мире свои законы, основанные не на том, чтобы в своем кругу за гроши купить ценную вещь, а на том, чтобы дать правильно заниженную цену — обмануть, но не украсть. Да и выстроенные на более-менее честности отношения коллекционера с продавщицей антикварного дорогого стоили. Но не будем преувеличивать честность неизвестного господина с изящными манерами — он дал умеренную цену.

История как история, обычная, — люди часто не знают ценности своего, домашнего. Первый обезьяний оркестр из двадцати музыкантов и дирижера был создан в 1753 году на мануфактуре Мейсен и в том же году был куплен мадам де Помпадур. Из-за большой популярности серии Мейсен делал ее снова и снова вплоть до 1945 года — этому времени и приписывали скрипача.

Люди не знают ценности своего, домашнего, но коллекционеры знают. Считали, что скрипач был поздней репликой, а он оказался тем самым, из оркестра мадам де Помпадур.

Елена Колина

Виталик в детстве так трогательно просил прощения, что Светлана, сговариваясь с сыном, демонстрировала гостям забавную сценку: Виталик как-нибудь при гостях шалил, а она нарочито хмурилась — чтобы гости увидели его умилительные гримаски и услышали хитровато-простодушное «я не спица-ально». Но на этот раз он действительно «не спица-ально». Из множества фарфоровых фигурок в Светланиной коллекции Виталик выбрал обезьяну-скрипача, руководствуясь вовсе не надеждой на большую наживу, а скорее гуманными соображениями: мама любит пастушек, к жанровым сценам спокойна, а к немногим в коллекции фигуркам животных равнодушна. ...Равнодушна — да, но не *так* равнодушна, чтобы — а-а, подумаешь, фигуркой больше, фигуркой меньше, к тому же у Светланы был цепкий взгляд, и в первый же после пропажи визит она истерически кричала: «Где моя обезьяна, идиот, куда ты дел мою обезьяну, где моя обезьяна, *где*?!» Светлане повезло, что она так и не узнала, где обезьяна-скрипач — впоследствии статуэтка была продана на аукционе Сотбис — и сколько денег было в коробке из-под конфет ассорти, это могло бы надолго ее расстроить. В семье коллекция считалась милой, но не особенно ценной, иначе Светлана никогда не оставила бы ее наедине с Виталиком. Иногда лучше *не знать.*

...Планы Виталика по спасению Алены были самые неопределенные, от нанять за триста обезьяньих рублей Кольку-мента, чтобы попугал сутенера, до самому начать его шантажировать, правда, чем именно, не ясно... Шантажировать шантажиста — глупее не придумаешь, и Виталик, любитель Агаты Кристи, понимал, что все это сплошная нелепость и детский сад. Но *столько денег* — это возможность изменить детский план на взрослый. Он сразу же вспомнил модный французский детектив, в котором герой преследовал шантажиста, доводя его до сумасшествия, пока тот не догадался, из-за кого страдает, — как это интересно!..

Из любой ситуации Виталик стремился выжать максимум, максимум интересного — поиграть, раскрасить скучную картинку жизни, слепить из обыденности артистическое действо. А уж сейчас ему было где развернуться: Алена проститутка, он ее спасает!.. И то, что Виталик сразу же, во дворе у армянской церкви, составил *неинтересный* план, принял решение — просто, без ужимок и прыжков, отдать за Алену деньги, выкупить ее у шантажиста, означало, что Алена и правда была ему дорога.

...И все помчалось-покатилось, словно мучительную Аленину историю переключили на режим быстрой перемотки. От первой улыбки Виталика продавщице антикварного в стиле «тетенька, я потерялся» до протянутого Алене конверта со словами, сказанными так небрежно, словно он протягивал ей леденец: «...На, возьми. Сделаешь ему предложение, от которого он не сможет отказаться», — прошла неделя. А уже на следующий день все разрешилось.

— Ну, кто был прав, платная ты моя?.. — усмехнулся Виталик. — Покуда живы жадины вокруг, удачи мы не выпустим из рук... — И высоким голосом, изображая хлопотливую маменьку из Островского, добавил: — Ты ручку-то, ручку целуй благодетелю... — И затем мужественным басом большевика из старого советского кино: — Ты мне спасибом-то своим не тычь... Ты жизнь проживи так, чтобы мне за тебя не было стыдно.

Алена засмеялась, заплакала, засмеялась. Не приняты между ними глупые высокие слова, язык не поворачивался произнести «я навсегда тебе благодарна», а Виталик так гениально все повернул, что ей ничего не нужно говорить. Вот только одно... Виталик — болтун.

Бедный Виталик, как ему хотелось рассказать о своей виртуозной операции! Тане, чтобы увидеть ее восхищенные глаза, Леве, чтобы получить очко в подспудном с ним соревновании, кто умней, кто взрослей... ну хотя бы Арише, чтобы насладиться ее благодарностью и любовью.

— Жутко обидно, что никто никогда не узнает, какой я молодец!.. Знаешь что? Я на золотой свадьбе прошамкаю Арише на ухо? — спросил Виталик и сам себе ответил: — На золотой свадьбе можно. Ариша будет такая старая, что все равно не услышит.

Дальше — еще проще.

Весь июль Светлана нервничала. Виталик сказал, что будет назло Михаилу Ивановичу поступать на актерский. Она была уверена, что в театральном все пройдет гладко, Виталик *свой* мальчик, и все знают, что талантливый, но если вдруг осечка и — не поступит? В июле Виталику исполнилось восемнадцать — из-за постоянных переездов отдали в школу с восьми, — ей придется умолять мужа решать проблему с армией. Светлана видела картинку так четко, словно смотрела кино: она плачет, умоляет, лепечет что-то о болезненности Виталика, муж равнодушно говорит: «Не ври! Я служил, и он пусть отслужит...» Бр-р!

Светлана нервничала, злилась — она от Виталика устала. В университет экзамены в июле, и те, кто уже поступил, отмечали поступление у Виталика, а те, у кого экзамены в августе, отдыхали от занятий у Виталика. Весь июль продолжались детские пьянки. Светлана срывалась из дома по звонку соседей, как-то раз пришлось уехать из гостей, однажды с премьеры в Доме кино, торопилась, в бешенстве проехала на красный свет — раз уж несется по звонку, как «скорая помощь».

И даже, как выразился Михаил Иванович, «финт ушами» — между пьянками Виталик зашел на журфак и *сам* поступил — даже это не принесло облегчения. После поступления на журфак началась уже сплошная гульба. Виталик сказал, что после журфака будет заниматься кино, а Светлана сказала: «Вот и хорошо, Михаил Иванович поможет», а Михаил Иванович сказал: «У парня шило в заднице, ты за ним будешь то по девкам, то в вытрезвитель. Добегаешься. Мне такая жизнь, чтобы ты взад-вперед бегала, не нужна. ...Кино... какое кино, он у тебя раньше сопьется», а Светлана сказала: «Почему у меня?!..» Вот такое кино.

Светлана услышала — ему не нужна такая жена. Она знала, что говорят о ней в театре: что в первом браке она пела, а во втором «ты все пела, это дело, так поди же попляши». Да, она пляшет под его дудку, но ведь другого мужа не будет. Ей уже даже не сорок — ей за сорок.

Исчезнувшая из коллекции обезьяна-скрипач оказалась последней каплей. Михаил Иванович воспринял это как обдуманное преступление, а Светлана как детскую шалость в ряду других шалостей Виталика, — идиот, придурок, стянул обезьяну, какая наглость! На вопрос, где статуэтка, Виталик пожимал плечами — исчезла, испарилась, и, глядя в невинные глаза сына, Светлана поняла: ситуация выходит из-под контроля, Виталик становится проблемой. На кону ее брак, ее положение.

Конечно, это было неординарное, совершенно оперное, даже, пожалуй, опереточное решение — женить непутевого сына, но Светлана и была человеком неординарных решений, и ко всему в своей жизни она относилась как к ситуации, в которой необходимо минимизировать энтропию, — и к Виталику отнеслась как к ситуации.

Сомневалась ли Светлана, хотя бы раз проснулась в холодном поту с мыслью «как страшно играть чужой судьбой», хотя бы раз назвала себя циничной, эгоисткой, плохой матерью? Была ли у нее хотя бы одна *честная* минута, когда человек говорит себе осуждающе «ай-ай-ай», затем оправдывает себя и идет своим путем, но все-таки он на мгновение испугался — боже, что я творю?.. Светлана на этот вопрос ответила бы — ну вот еще, просыпаться! Да и что плохого в том, что она придумала?! Если бы эгоист внезапно осознал, что поступает эгоистично, он не был бы собой, а Светлана всегда была собой уверенно и ярко. Никаких, даже мгновенных угрызений совести за то, что задумала принести Виталика в жертву своему удобству, она не испытывала, напротив. Брак продлится, пока Виталик не окончит университет. В самом опасном для мальчика возрасте, вместо того чтобы бегать и попадать в истории, он будет иметь дома женщину, которая привлечет к себе весь его сексуальный интерес. Будет присмотрен, накормлен, обихожен. Разве не все мамы желают того же — безопасности сына и собственного спокойствия? Просто не у всех такой ясный трезвый ум, как у нее. За умение не сдаваться неприятным обстоятельствам, управлять своей жизнью Светлана любила себя еще больше, радостно удивляясь своей находчивости, чуть ли не приплясывая мысленно — ай да Светлана, ай да молодец! Все время с тех пор, как Светлана *придумала*, в ней бурлило веселье... действительно, просто клуб веселых и находчивых.

Ключик к разрешению ситуации был у нее в кармане — Ариша. Милая, нежная, обожает ее и любит Виталика, дочка большого начальника, — Смирновы возьмут Виталика в семью и будут лепить из него то, что им нужно... *На первый взгляд* ключик был у нее в кармане. Аришей, милой, нежной, командуют все кому не лень: родители, Виталик, сама Светлана. Ариша — не то. Нужно совсем другое. Светлана так и думала: «не то», «другое» — в среднем роде.

...А как же «любимый ребенок», «лучшая подружка»? Спрашивать Светлану, не жаль ли ей Аришу, смешно, нелепо. Ариша уже не была в списке действующих лиц, во всяком случае, в первом составе, лишь во втором, а какой режиссер, готовя премьеру, думает о втором составе?

Еще одно неординарное решение: Светлане требовалась невестка-кошмар, девушка из ночных кошмаров всех без исключения мам мальчиков из хороших семей, провинциалка-охотница за пропиской, опытная, старше сына. Та, что будет женой-нянькой, как в детском стихотворении: «Приходи к нам, тетя Лошадь, нашу детку покачать».

Охотниц за ленинградской пропиской, или пусть не так жестко, провинциальных барышень, мечтающих о Ленинграде, пруд пруди, они подстерегали хороших ленинградских мальчиков на каждом шагу, учились с ними в институте, заманивали в общагу, сидели рядом в кино и даже знакомились на улице. Но как ни смешно, главный вопрос у матери с нестандартным желанием женить сына на провинциалке — где ее взять? У Светланы и знакомых таких не было, чтобы жили в Ленинграде на птичьих правах, без прописки.

Хитроумная Светлана поинтересовалась у мужа, работают ли на «Ленфильме» иногородние, получила ответ: «Да, в монтажном цехе, хороших монтажниц мало». И все образовалось, быстро, почти мгновенно, и претенденток было несколько. Конечно, это не было как в комической опере, Светлана не проводила конкурса невест, не вызывала девушек по очереди, не просила их спеть или пройтись в танце.

Как люди, желающие усыновить ребенка, приходят в детский дом понаблюдать за играющими детьми, так Светлана несколько раз ходила в монтажный цех, смотрела, как будущая нянька играет. Такой образ действий может показаться невероятным — и да, это невероятно, но нужно знать Светлану — между принятием решения и началом действий у нее не было зазора, решила и начала действовать. В театральном мире ей до сих пор не забыли, как феерически неприлично, через месяц после гибели Ростова, она вышла замуж.

Глазомер, быстрота и натиск — любимые Суворовым правила ведения войны. Глазомер создает основу для принятия решения, Светлана действовала как ученица Суворова. Присмотрелась, из всех выбрала Зою, на вид не такую простушку, как другие, лицом обычную, не красавицу, но приятную и очень физически привлекательную: рвущаяся из кофточки грудь, крутые бедра, крепкие ноги, и — приветливо и властно: «Мой муж — заместитель директора "Ленфильма"».

Светланин муж — замдиректора «Ленфильма», а Зоя несколько лет назад приехала из Ярославля, провалилась в институт и, как в фильме «Москва слезам не верит», — «провалила экзамены, пошла на завод». Имелось и отличие кино от реальности: героиня фильма была юной и наивной, а Зое двадцать пять лет, уже не юность, а целая женская жизнь, и женский, и жизненный опыт вполне в глазах читался. Как мысленно выразилась Светлана — то что нужно, не принцесса, но и не блядь.

Подружиться с монтажницей с «Ленфильма», придумать повод Зое побывать у Виталика — что-то передать, принести, забрать... Организационная часть плана оказалась нетрудной. А дальше *как?*.. Как женить влюбленного в Аришу Виталика, словно он не амбициозный, умный, избалованный, словно он не живой человек, а маска комедии дель арте, подчиняющаяся сценарию, предлагаемым обстоятельствам?

Ну, главное оружие, конечно, секс. Произнося в разговорах с приятельницами фразу «мужик думает хуем», Светлана не столько отдавала дань моде на некоторый цинизм, сколько обозначала свое кредо: хороший секс делает мужчину беззащитным, за исключением Михаила Ивановича, который вставал с постели с теми же мыслями и намерениями, с какими ложился.

Когда-то на Светланин вопрос, есть ли между ними что-нибудь, Ариша прошептала: «Да... то есть... почти да». Светлане пояснений не понадобилось, стоило взглянуть на застенчивую, тоненькую, почти бесплотную девочку, чтобы понять, что Аришино «да» — детский сад. Что может быть со скромной, достойной Зоей, тоже понятно, стоило взглянуть на ее ладную, крепкую, очень земную фигуру. ...Зоя, кстати, вела себя разумно, была счастлива этой не-ожиданно роскошной дружбой, влюблена в Светла-ну, польщена, что с ней откровенничают...

«Я тебе скажу как подруге: я бы хотела, чтобы у него был роман с кем-то вроде тебя, с умной взрослой женщиной. Мальчик ведь только думает, что знает... Что там у него было с Аришей, школь-ный секс?.. С взрослой женщиной у него будет су-масшедший секс, чтобы он думать не мог ни о чем другом, чтобы ему снилось, что он с тобой... то есть с ней».

...Сцена любви под невидимым присмотром Светланы прошла так, что Виталик думать не мог ни о чем другом — она поняла это по скромно-тор-жествующему виду Виталика, по *взрослым* загово-рщицким взглядам, которые он бросал на Зою.

«Истинное правило военного искусства — пря-мо напасть на противника с самой чувствительной для него стороны, а не сходиться, робко пробира-ясь окольными дорогами, чрез что самая атака де-лается многосложною, тогда как дело может быть решено только прямым смелым наступлением». Светлана решила дело прямым смелым наступле-нием: в самый неподходящий момент, когда Зоя была у Виталика, открыла дверь своим ключом и вошла. И сыграла упоенно, испытывая вдохнове-ние, стояла над кроватью, кричала на Виталика, уткнувшегося лицом в стенку, — «кто напуган, тот наполовину побежден», к тому же полностью одетый человек имеет дополнительное преимущество перед голым, завернутым в простыню.

«Ты думаешь, мы позволим тебе это блядство?! Пьянки, милиция, обезьяна, теперь Зоя! Мальчишка! — кричала Светлана. И тут же, нелогично: — Я возлагаю всю ответственность за это на тебя, ты в этом виноват! — И: — Девушка одна в чужом городе!.. — И даже: — Как я посмотрю в глаза ее матери!» — что, учитывая Зоин возраст и то, что Светлана не была знакома с Зоиной матерью, было уже полным перебором. Но Виталик этого чисто оперного преувеличения не заметил — в тот раз он в полном соответствии с взглядами Светланы думал не головой.

Но ведь ему только что исполнилось восемнадцать! Несмотря на всю свою светскость и ироничность как будто взрослого мужчины, он был *как будто* мужчиной, не успел испытать ничего, кроме всегда возникающей с Аришей неловкости и чувства вины. С Зоей, пусть нелюбимой, было другое: только что, до прихода мамы, он вбежал на вершину горы, откуда перед ним раскрылся весь мир, Зоя шептала ему, что он лучший мужчина на свете, она *кричала*. Он знал, конечно, о таком, но считал, что это просто мужское хвастовство. А теперь он сам сумел, он — самый лучший мужчина на свете. Но женщина, только что кричавшая от удовольствия, слышит, как его отчитывают как мальчишку. ...С горы Виталика скинули носом в грязь.

Наступление должно завершиться разгромом врага в сражении, а затем энергичным преследованием остатков неприятельской армии.

«Мы не будем давать тебе деньги!..», «Нам придется взять тебя к себе... Ты будешь жить с нами! И отчитываться за каждый шаг!», «Собирайся, ты уезжаешь!».

Быстрота и натиск, и полный разгром живой силы противника!.. Они не будут давать ему деньги, они заберут его на Петроградскую, они, они... Когда Светлана, вдруг резко сменив тон, едко спросила: «Может быть, ты ее любишь?» — это показалось внезапной передышкой.

— Ага. Да. Я ее люблю, — мстительно произнес Виталик, желая хотя бы так отплатить ей за унижение, за спектакль, который она тут устроила.

— Да ну? Ты не способен любить! — как по команде взвилась Светлана.

И снова, чередуя угрозы и поощрения, как будто варила суп, присаливала обидными словами, приперчивала угрозами, подслащивала поощрениями, быстро, как будто перебирала бусинки, приговаривала: «...В Центральном ЗАГСе есть знакомая, сделаем скромную свадьбу, человек пятьдесят... Моя портниха сошьет платье, а фата не нужна, ведь вы уже... Он плохой сын, хороший сын, послушный сын, непослушный сын...» — и опять упрекала в отсутствии любви к ней, в недостаточной к ней любви... И наконец получилось, что он должен жениться из любви к ней.

С Зоей поначалу возникли разногласия.

Светлана предложила Зое просто пожить вместе, не с ней, конечно, а с Виталиком, но Зоя отвечала с пафосом белошвейки из «Трех мушкетеров» — что скажет моя бедная мать?.. Посмеивалась, но твердо стояла на своем, и такой логичный привела аргумент — «я бы не была той, что вам нужна, если бы согласилась», что они со Светланой мгновенно пришли к согласию. Сошлись на женитьбе без прописки, а после пяти лет службы Зоя получит распределение в Ленинград и от Светланы комнату. С комнатой Светлана слукавила, никакой комнаты у нее не было, но тут она неожиданно проявила себя настоящим философом — за пять лет или шах помрет, или ишак сдохнет, или... Зоя будет у нее прощения просить. За что? К тому времени найдется за что.

— Ты почему в джинсах?.. Юбка! — скомандовала Светлана. — Юбка, чулки!.. Свадьба через неделю, чтобы он от тебя ни шагу! Мужик знаешь чем думает? Хуем...

Зоя покраснела, Светлане стало скучно и неловко — забылась, заговорила с провинциальной девицей, как со своими, театральными.

— Юбка тебе больше идет. Юбка, чулки — это так женственно...

...Честное слово, иногда кажется, что хорошая мать — это та, что бросила ребенка в колыбели! Или хотя бы равнодушна к своему ребенку, но не нарочито, а искренне! Фира сына залюбила — как заспала, Светлана перепутала с возлюбленным... Разве что Ольга Алексеевна — хорошая мать: любит, но не внедряется в своих детей, как червяк в яблоко, наблюдает... Правда, у нее девочки.

Первая любовь

На следующий же день после выпускного вечера Таня начала готовиться к экзаменам в Технологический институт. Каждое утро Фаина, убедившись, что Таня находится в правильном месте, не в постели, а за столом с учебниками, ставила перед ней поднос с чаем и бутербродами — бутерброды с доставкой к письменному столу казались Фаине гарантией, что Таня будет заниматься в буквальном смысле, не вставая, — и выходила, с сожалением поглядывая на дверь. Если бы она могла, она заперла бы дочь в комнате и выпускала только в туалет.

Таня честно сидела за столом — свойства кислот, оснований, солей, — пока голова не падала на руки и она не проваливалась в сон. Ей вообще постоянно хотелось спать.

Алгеброй Таня занималась с репетитором в однокомнатной квартире, похожей на улей. Абитуриенты — Таня воспринимала их как товарищей по несчастью, но они вовсе не были несчастны, — сидели в комнате, облепив стол в два ряда, сидели на пятиметровой кухне, повсюду, на подоконнике, на кухонной тумбе, сидели на корточках, опершись о холодильник, казалось, что, если открыть морозилку, там обнаружатся замороженные абитуриенты — на всякий случай, если они вдруг закончатся. Преподаватель, по слухам зарабатывающий за лето на машину, шурша купюрами, роился между комнатой и кухней, в квартире стоял тяжелый запах — пахло потом, волнением, задачами, от этого запаха и от неловкости, что всем *надо*, а ей нет, Таней овладевала максимально не подходящая к этому суетливому месту апатия, отделяющая ее от всех глухой стеной, но стены ей показалось мало, хотелось спрятаться так, чтобы не нашли, и на первом же занятии Таня упала в обморок — громко, публично, стыдно, с общей беготней и брезгливым взглядом репетитора. На следующем занятии все произошло по классической схеме — чего боишься, то и случается, — с ней опять случился обморок, и — чем больше боишься, тем с большей вероятностью случится — на третьем занятии случился третий обморок. Репетитор велел Тане больше не приходить.

Фаина повела ее к врачу. Честно говоря, она на Таню за эти обмороки злилась — у Тани *всегда так*. Решается жизнь, поставлена цель, нужно собраться, — *при чем* здесь обмороки?!

И между прочим, никто кроме нее в обмороки не падает, готовятся к экзаменам!

Участковый врач в детской поликлинике на Фонтанке — до 18 лет Таня считалась ребенком, сидела в очереди к врачу с двухлетними детьми, — послушал-простукал Таню, посоветовал витамины и свежий воздух и, вдруг вспомнив, что перед ним все же не двухлетний ребенок, спросил: «У тебя месячные нормально идут? Ты не можешь быть беременной?» Таня улыбнулась неловко — врач с детства знакомый, но все же мужчина, и Фаина улыбнулась, от дикости предположения нехарактерно для себя некультурно ответив: «Господи, откуда, от Святого духа?»

Они ушли домой с глупым бессильным рецептом на витамины, еще один обморок случился на следующий же день, дома, обмороки продолжались весь июнь и прекратились сами по себе, — но вопрос врача направил Танины мысли в определенном направлении. Сама она не решилась бы пойти в женскую консультацию, слово «гинеколог» было страшнее слова «война», но на случай войны у нее была Алена, и уже через пару дней девочки втроем — Таня, Алена, Ариша — стояли в кабинете врача женской консультации на улице Маяковского при Снегиревском роддоме (господи, *роддом*!), и приговор был вынесен, то есть диагноз был поставлен — беременность, от 9 до 11 недель, до 12 недель разрешен аборт.

«Нам аборт!» — как в магазине, сказала Алена. «Пожалуйста, помогите нам», — нежно-заплаканным голосом сказала Ариша, но командный тон не прошел, как и нежная просьба.

— Беременная несовершеннолетняя, я обязана сообщить родителям и в милицию. Можешь сообщить сама, придешь ко мне с матерью. Для аборта нужно разрешение родителей. Даю три дня. ...А на вид вы приличные, из хороших семей... — сказала врач, словно лично ненавидела Таню, Алену, Аришу, словно стремилась их хорошим семьям лично отомстить.

— Врач же должен людей жалеть, — удивилась Ариша.

В ответ врач посмотрела на девочек с выражением «пшел вон с мово кабинету».

Аришино изумление понятно, она сталкивалась лишь с врачами номенклатурными, нежными, и действительно, профессии учителя и врача по сути своей предполагают наличие большей эмпатии — сочувствия, жалости, понимания, — чем, скажем, профессии инженера или морильщика клопов, но почему-то именно у врачей и учителей со временем, по мере использования, чудные эти качества стираются до невозможной тонкости. Очевидно, быть жалеющим по профессии — это слишком тонко, а где тонко, там и рвется. Эта врач, что не нашла для онемевшей от ужаса Тани других слов, кроме «милиция», была хорошим, опытным гинекологом с твердой рукой и любила повторять: «Я что, должна жалеть каждую пизду? На каждую пизду у меня жалелок не хватит». Хочется, конечно, возразить — а нечего тогда идти во врачи, но отчасти ее можно понять.

Ариша продолжала удивляться на улице, одной рукой поддерживая нервно дрожащую Таню, другой дрожащую от злобного возбуждения Алену, та рвалась в бой, притоптывала в нетерпении — бежать, спасать, нестись с красным флагом на коне! Но куда бежать, когда у Тани в животе — ужас, враг, избавиться немедленно, сделать аборт немедленно, прямо сейчас, не уходя из этого страшного места, от этой страшной вывески «Роддом. Женская консультация»?! Да, понятно, что нельзя, ну а что *можно*?!

Это был странный год, когда все друг друга по очереди «спасали» — в этот раз была очередь Ариши.

Она рассудительно сказала: «Нельзя, чтобы твоя мама узнала официальным образом. Кто знает, как они сообщают, может, позвонят: «Здравствуйте, с вами говорят из детской комнаты милиции, ваша дочь беременна». Чему быть, того не миновать, три дня жить с этим — можно сойти с ума. Поехали к твоей маме на работу, на работе она тебя не убьет, я пойду с тобой, а ты, Алена, иди домой...»

— ...Я была беременна, — врала Ариша, — я тоже была беременна, — журчала-врала Ариша, глядя честными глазами на обомлевшую Фаину.

Они вызвали ее с обеда и разговаривали на улице, Фаина работала в секретной организации, как говорил Илья, «Фаина делает бомбы», — войти вовнутрь, пройти через проходную им было нельзя. Сейчас это было к лучшему, улица, прохожие, жизнь вокруг придавала всему не трагический, а бытовой оттенок.

— Ты была беременна? — тупо переспросила Фаина. — Не может быть... А твоя мама?..

— Моя мама меня не ругала, зачем ругать, когда нужно помочь? Она мне помогла, и никто, даже папа, ничего не узнал. Вы никому не говорите, это секрет, — журчала-внушала Ариша. — Вы тоже поможете Тане, и никто ничего не узнает, как будто ничего не было...

...Дальше события развивались нестандартно.

— Нет, — сказала Таня.

Это уже было без Ариши, дома, вечером. Фаина держалась хорошо. Не спрашивала, кто, что, как, пыталась Таню поддержать — ничего страшного не произошло, она возьмет с собой учебник, чтобы не прерывать занятий ни на день, ничего, ничего, они все успеют сделать к экзаменам. Она уже позвонила тете Фире, тетя Фира позвонила знакомому врачу, врач позвонил в больницу — завтра Таня сдает анализы, и с анализами — кровь, моча, мазок — приходим, они нас ждут, и обезболивание сделают, у них неплохой наркоз...

— Что нет?.. Что — нет?! Ах, нет... У нас нет времени на твой идиотизм. Времени всего ничего. В двенадцать недель уже не делают.

— Нет.

Нет анализам: нет анализу крови, нет моче, нет мазку и даже обезболиванию — нет. Неблагодарная Таня, Ариша ведь сделала аборт!

Нет. Зачем говорить, что Ариша соврала, чтобы облегчить признание? Нет, и все.

...Ну, а раз нет, то, естественно, возникает вопрос — а что думает Лева, как выразился Илья, отец беременности? Лева пришел к Кутельманам и сказал, что принимает на себя все последствия, — замечательно, благородно, но! Что в таком случае они собираются делать?! Жениться в семнадцать лет, не поступив в институт?! Растить ребенка, будучи детьми?! Без образования! Отдать ребенка Фире с Фаиной?! Но боже мой, какие внуки, им же чуть за сорок! Вот такой, мгновенно скользнувший в бытовую плоскость, разговор — кто будет этого никому не нужного ребенка растить?!

— Нет, — сказала Таня.

...Что опять нет?.. Танин отказ от Левиного благородного признания отцовства был решительный: Левка врет. Он хочет ее защитить. На самом деле у них ничего не было. Лева врет из благородства, а она не будет врать.

То, что произошло дальше, невыносимо обидно, как будто человеческая природа по-настоящему не хороша, как будто самая близкая дружба, дружба-любовь, до известного предела — известного всем предела, после которого раз, и каждый за себя.

Но ситуация действительно была чудовищно неловкая, из тех, когда как ни поступить, все еще хуже. Ну что, что Фира должна была сделать?! Как бы не до конца поверить Тане, оставить лазейку, щелочку, дать понять, — неважно, от Левы ребенок или нет, это их общий с Кутельманами внук, обрадоваться, стать бабками-дедками? Но почему, с какой стати?! Таня твердо сказала — нет, ничего у них не было, так что же Леве в 17 лет брать на себя ответственность за ее ребенка! Юношеское благородство, минутный порыв, а ответственность за чужого ребенка навсегда! Фира — ни слова плохого про Таню, она вся была сочувствие Фаине, но как-то было понятно, что она чувствует — облегчение, слава богу, *ее* сын не имеет отношения к этой несовершеннолетней беременности (господи, господи, пронесло, ведь подумать страшно: семнадцатилетний Лева — отец!), и она от позорной, в общем-то, ситуации радостно дистанцируется. Это — Фира, ее можно понять.

А это — Фаина. Фаину тоже можно понять. Бедная, осталась одна. Если бы Таня была беременна от Левы, было бы ужасно, но *не так* ужасно, — как будто дети вместе нашалили и они с Фирой вместе за это отвечают, а с Фирой ей и смерть красна. Оказалось, что и позор, и горе ей одной. Фаина переживала Танину беременность *как смерть*, как *свой* позор, не стыдливую неловкость «что люди скажут», а крушение *своего* жизненного пути — она жизнь посвятила тому, чтобы стать интеллигенткой, она всегда жила по правилам, училась, работала, достигала, правильно воспитывала дочь, — а Таня подставила ей подножку. Девочка из хорошей семьи беременна, как уличная оторва, как дочка дворничихи, так может быть только у люмпенов, на городском дне. Не просто «разбила свою жизнь», но опозорила семью, ее семья больше не была *хорошей*. Левино благородство, попытка Таню защитить, взяв вину на себя, еще подбавила перцу в ее и без того саднящую рану

Что она сделала! Стыдно, непростительно и отчасти даже непонятно при ее преданности Фире и вечном страхе потерять ее дружбу. Но Фирино нескрываемое счастье, что Лева ни при чем, было таким беззастенчивым, так явно оставляло Фаину одну с ее позором, унижение от неотступных мыслей, что ее дочь-подросток «недоучившаяся, беременная», было невыносимым, — Фаина ходила, не поднимая глаз, будто не имеет права смотреть прямо, не имеет права жить... Ну что ходить вокруг да около — взяла и сказала, словно они были девчонками, выкрикивающими в ссоре «а ты, ты сама-то!..», словно отыгрывалась за все годы зависимости, сладко-любовной, но все же зависимости от Фириных настроений, взглядов, желаний. И тут же осеклась, задохнулась от ужаса, но уже все, поздно, — сказала Фире — а у Ильи любовница!

Первое, что подумала Фира: «Какая я дура!»

И правда глупо — пока Фира остро переживала разрыв любовных отношений с сыном, ее настоящие любовные отношения, с мужем, колебались, как рубашка на ветру. Пока она лежала в темноте и горестно думала «он меня не любит...», имея в виду Леву, Илья лежал рядом с Фирой, спрашивая себя «я ее больше не люблю?..». И если можно говорить о чьей-то вине, то Фира была в своем расстроившемся браке *больше виновата*. При всем сочувствии к ее страстному материнству, ее псевдолюбовным отношениям с Левой пришел естественный срок, а Илья полюбил Маринку не псевдолюбовью, не эрзацлюбовью, а настоящей, живой. Тем более отношения Илья — Маринка противоположны отношениям Илья — Фира, для Фиры он не опора, а

173

морока, а с Маринкой — главный, и особенно трогательно, что при ее уме и склонности к философствованию отношения у них типа «как скажешь».

Пока Фира переживала свою драму, Илья переживал свою. Левин горячий поступок, отказ от математики «из-за любви», возможно, и имел сложную природу, — совершенный вроде бы под влиянием минуты, был обдуманным рывком на свободу, как у кита-полосатика, и Лева сам не знал, какова здесь доля расчета, а какова доля эмоций. В Леве, возможно, и были будто два человека, и как там они между собой договаривались — неведомо, но в Илье был один человек, еще маленький, у которого первая любовь. Маринка смотрела беззащитно, ни о чем не просила, Фира была грандиозная, как всегда, и — нет чтобы наслаждаться любовью обеих — это было мучительно. Илья обдумывал, как он это называл, «свою ситуацию», и самые дикие мысли его посещали: уехать с Маринкой в Израиль, уехать с Фирой в Израиль, и каждый вечер перед сном принимал совершенно твердое решение и засыпал с облегчением — все решено, будет так, — а утром все начиналось сначала. Однажды он даже подумал, не уйти ли из жизни — тихонечко выйти из комнаты и прикрыть за собой дверь...

О романе Ильи Кутельманы узнали самым случайным образом — просто наткнулись на Илью с Маринкой в кинотеатре «Аврора» — смотрели

«Покровские ворота», смеялись, и парочка перед ними целовалась так яростно, прямо-таки флюиды страсти от нее исходили, и Фаина, наклонившись к Кутельману, сказала: «Я не ханжа, но все же это безобразие». А когда зажегся свет, увидели: безобразие — это Илья. И он их увидел, глупо улыбнулся, начал прикрывать Маринку плечом, как будто им было до нее дело. Оба, и Кутельман, и Фаина, возмутились, Фиру пожалели, и, узнав, как Илья мучается, подумали бы мстительно: «Вот тебе, Илья, не все коту масленица».

Следующая Фирина мысль была: «Как я могла не заметить?..»

Таня, когда выросла большая и уже написала не один сценарий сериала, вдруг начала высокомерно лениться писать семейные сцены.

И правда, это скучно. Стандартный диалог повторяется из сериала в сериал, из века в век... Казалось бы, турецкий сериал, 16 век, Сулейман-хан, покоривший всю Европу, и все одно и то же:

— Почему ты не пришел ночевать?..

— Не успел закончить дела.

— Почему ты не предупредил?

— Думал, что ты заснешь, и не хотел беспокоить.

В каменном веке, очевидно, было так же:

— Почему ты не пришел ночевать?

— Не успел закончить дела...

...Первая Фирина мысль была «какая я дура!», затем «как я могла не заметить?», а следующая «не прощу, ни за что, никогда!».

Какой тяжелый Фире выдался год, обычные года не такие эмоциональные качели! Мало ей Левы, так еще роман Ильи! Бог словно хотел превратить этот год Фириной жизни в пьесу, так, чтобы ни одна ниточка не осталась оборванной, всякое ружье, висящее на стене в первом акте, выстрелило в третьем; Бог гонялся за Фирой со скалкой и говорил предупреждающим тоном: «Фира, остановись, говорю тебе, остановись!» Наверное, Фира услышала, потому что ее реакция была совершенно не такой, как можно было ожидать.

Фира плакала, говорила: «Илюшка, я не для тебя, ты такой молодой, а я уже старая», просила у Ильи прощения — очевидно, было за что. Фира плакала, Илья плакал, чувствовал себя любимым, — давно уже он не чувствовал себя таким значимым. Просил прощения, говорил «я тебя люблю», обнимал ее и, будто со стороны наблюдая за собой, внимательно следил, стараясь поймать момент, когда вина перейдет в желание, но вины и жалости к ней становилось все больше, пока она не затопила все, — и впервые у него не вышло. В самый разгар любви с Маринкой все получалось, а тут не вышло!.. Но люди все могут пережить, и они пережили. Фира с Ильей никогда не расстанутся, их брак действительно был заключен на небесах. С Маринкой, кстати, Илья тоже не расстанется. Об этом Фира уже не узнает, не каждая линия должна заканчиваться, как в сериалах, не все тайное становится явным, но все занимает свое место в ходе жизни.

Странно устроен человек, и в частности, Фира: Илью она простила, а Фаину нет — ни за что, никогда!

И что теперь? Да что же вышла за гадость из многолетней дружбы! Фаина смотрит в окно, как Фира с Ильей идут по двору, Фира смотрит, как Фаина с Таней идут по двору, чем дольше смотрят, тем невозможней примирение.

Что еще было, кроме того, что все по кругу друг друга спасали? Была страшная, до визга, ссора Алены с отцом, до того, что назвала его фашистом — фашистом!

«Разве справедливо, что Таня, которая наизусть знает всю русскую литературу, не может даже подать документы на филфак, потому что еврейка?! Если ты не поможешь, я от тебя откажусь, никогда тебя не прощу!..»

Таня, надо сказать, ни о чем Алену не просила и об этой ссоре не знала, не знала, что Алена едва не отказалась от отца.

«Ну, Аленочка, на филфак исключено... Ну, Аленочка, не я же это придумал, — бормотал Смирнов. — Ты же знаешь, я не антисемит, я с евреями дружу...»

Справедливо ли, что Таня не будет учиться в университете? Он за всю на свете несправедливость не ответчик. Среди нескольких пар, которые собирались у Смирновых и считались друзьями, в одной паре была жена с подозрительным носом с горбинкой и подозрительным же отчеством, на этом их дружба с евреями заканчивалась. Алена будет учиться на филфаке, там, слава богу, евреев нет, их на филфак не допускают со всей их любовью к русской литературе...

«Она не будет на филфаке, тогда и я не буду. Все, — отрезала Алена и, снисходя к отцовскому бессилию, добавила: — Ладно, я согласна на вечерний».

На вечерний филфака евреев тоже не принимали, но здесь можно было рассчитывать на послабление, и это было Смирнову по силам.

«Нам подачек не надо!.. Пусть идет в Техноложку! Будет инженером! Будет человеком!» — сказала Фаина.

Но пришлось принять. На дневном беременная-родившая-кормящая полноценно учиться не сможет, практику на химическом заводе пройти не сможет, какой из нее теперь инженер, какой из нее теперь человек... На ней можно поставить крест.

Кутельман молчал. Он не то чтобы на Таню сердился, просто все это, как говорит Илья, перебор: история с Левой, уход из дома, беременность, Фаинина трагедия. Фаина какое-то время была странной, задумывалась, больными глазами смотрела на него, на Таню. Кутельман метался между ними, чувствуя огромную свою вину за Танину сломанную жизнь и за то, что не может на нее смотреть — а вдруг уже виден живот?.. И была ему самому казавшаяся глупой мысль: «Почему протест, взросление девочки определяет пол, почему неглупая Таня превратилась в классическую бедную девушку, неужели моя дочь не смогла устоять перед зовом пола?!» И совершенно по сути противоположная мысль: если бы она позволила Леве сохранить этот миф — его отцовство, они с Фирой имели бы общего внука! Фаина все-таки собралась, можно сказать, с честью выстояла, высоко несла голову — высоко несла голову, а в руке витамины для беременной дочери. А Кутельман не то чтобы Таню не простил, но отодвинулся. Отодвинуться легче, чем придвинуться обратно.

Но чем глубже вниз, тем выше небо.

ЗАПИСКИ КУТЕЛЬМАНА

1986

Повторюша дядя-хрюша из помойного ведра, всю помойку облизала и спасибо не сказала. А мне не больно, курица довольна. Ябеда-корябеда, зеленый огурец, на полу валяется, никто его не ест.

Елена Колина

Жадина-говядина, пустая шоколадина. Все эти Манечкины детские прибаутки, все девчоночье, что казалось таким пошлым у маленькой Тани, теперь до слез умиляет.

* * *

Страшная трагедия. На майские были в доме отдыха в Комарово, я против обычных моих привычек не слушал «Голос Америки», а дома послушал и обомлел. Но что могло произойти? Избыточный вывод стержней из активной зоны реактора инициировал цепную реакцию, а после разрыва каналов полная реактивность возросла за счет парового и пустотного эффектов? По «Голосу» говорят: Чернобыль — вторая Хиросима, сейчас радиоактивное облако над Швецией, в Польше детям дают йодистый кальций. Мы устроили настоящий ядерный взрыв, пусть невольно. Невозможно предсказать число пострадавших, но люди будут умирать еще долго. Подумать только, вокруг идет обычная жизнь, завтра у меня Ученый совет, я буду обсуждать чьи-то диссертации, как будто мир не взорвался.

И вдруг пронзило. Господи, Манечка! Манечка два дня гуляла в Комарово на солнце без шапки. А ведь я говорил Фаине, что с залива ветер, чтобы она надела ей шапку! Но она же считает, у меня дурная привычка кутать ребенка! Солнце, ветер... что принес в Комарово этот ветер?

180

Пишу о Манечке и машинально бью себя по рукам, нарушаю свое правило не писать в этих записках о личном. Но как не писать о Манечке? Она мое самое главное с той минуты, как взглянула на меня невидящими еще глазками и я вдруг вспотел от нежности. Теперь все личное вплетено в общее. Перестройка, Чернобыль — это личное, мое.

Фаина шептала: «Господи, смилуйся над нами, накажи меня, не наказывай Манечку». Заорал на нее: «Как не стыдно думать о своем ребенке, который более-менее в безопасности, а не о чернобыльских детях!» Не сдержался, стыдно. Она жизнь отдаст за одну Манечкину слезку, за одну ее царапинку, как, впрочем, и я.

Соврал Фаине, что созванивался с ребятами с нашей АЭС и они меня заверили, что в Ленинграде не зафиксировано повышения уровня радиации. Сказал: «Ты же физик, опасности нет». Но Фаина именно потому, что физик, понимает, что взрыв был — грязная бомба, облако разнесло радионуклиды йода и цезия по большей части Европы, и нас не миновало.

По телевизору никакой информации. Горбачев молчит, а как я ему верил! Какая же это перестройка? Они просто разыгрывают спектакль. Ничего не изменилось, мы совершенно беззащитны, идея по-прежнему важнее людей. В данном случае идея даже не коммунизма как всеобщего блага, которая все же была сама по себе красива, а сомнительная поганенькая надежда скрыть свой позор — а вдруг мир не заметит ядерного взрыва? Какой цинизм. Даже блатные делят мир на своих и чужих, а для них свой народ — чужие. Страшно представить горе людей, которые сейчас смотрят на своих облученных детей. И бешеную злобу беспомощную, ведь детей можно было спасти!

Ходят слухи, без сомнения правдивые, что партийное начальство драпало на самолетах. А как же простые люди, дети?! В Киеве людей выгнали на демонстрацию. И детей, детей! Детей выгнали на демонстрацию, и дети шли под красными знаменами.

Как люди, совершившие подлость, могут жить дальше? Чужие облученные дети будут им во сне являться, что они им скажут? Что жизнь — сложная штука, что, действуя против партийной инструкции, они потеряли бы должность, что совершили подлость ради своих детей?

Чем это отличается от фашизма? Убить чужих детей ради своих? Все это история уже знает. Есть ли у палача совесть? Есть, конечно! Думаю, что плачут от ужаса все: и палачи, и герои. Но у героя есть утешение в его печали, а у палача нет, и оттого его мучительно жалко.

Вдруг шевельнулось совершенно нелепое. На сколько километров городок Проскуров отстоит от

Чернобыля? Это любопытный психологический феномен, реакция на генетическом уровне, ведь родных никого на папиной родине в Проскурове не осталось и я не видел их никогда. Только строчки письма из Америки от чудом выжившей папиной любимой сестрички Иды. Того письма, что я ему не показал. И за которое до сих пор мучаюсь. Не хотел, чтобы он боялся за мою секретность. Но может быть, нужно было отдать ему то письмо, пока он был жив, может быть, счастье было бы больше страха? Теперь не узнаешь.

Горбачев наконец-то выступил по телевизору с обращением к стране, рассказал, что произошло. Понимает ли он, что Чернобыль — это конец Советам как политическому строю? Возможно ли, что мы будем жить в стране, которой сможем гордиться?

Давно уже не удивляюсь, что кажущееся огромным одному для другого не представляет интереса. Нет минуты, чтобы я не думал о Чернобыльской катастрофе, а заглянувший сегодня к Манечке Виталик Ростов взахлеб, как о самом важном в мире, рассказывал о съезде кинематографистов. На котором он сам, конечно, не присутствовал, но он ведь из кинематографической среды, все подробно знает и в лицах передал все выступления.

Он остроумный мальчик. Сыпет прибаутками, стишками, например: «Не стесняйся, пьяница, носа своего, он ведь с нашим знаменем цвета одного». В этом стишке есть глубокая мысль о глупости горбачевской антиалкогольной кампании. Наши вожди обладают истовой верой в то, что природа подвластна любым их решениям. Реки потекут вспять, народ перестанет пить.

Виталик принес Манечке наклейки в конверте, я отклеил с конверта марку, сохраню для истории.

О съезде действительно много говорят, «Голос Америки» называет его бунтом режиссеров. Кинематографисты первые из всех честно сказали, что дальше жить по-старому нельзя. Цензура не пропускает лучшие фильмы, и они ложатся на полку. Писатель Борис Васильев сказал: «Хватит быть рабами!» Перестали быть рабами и избрали начальниками демократов вместо ретроградов.

Однако наши оценки этого события разошлись. Я радуюсь, что это фактически первый шаг к свободе, к реальным переменам. У Виталика взгляд более пристальный, профессиональный, он ждет, что за этим последует полная реорганизация кино, будет новый механизм кинопроизводства, и это шанс для него.

Амбициозный в хорошем смысле мальчик. Будучи студентом, уже снял документальный фильм.

Кому придет в голову просто купить камеру и снять кино? Талантливый человек тем и отличается от обычных людей, что кажущееся им нереальное — для него единственная реальность. Вот Тане не придет в голову снять кино.

А на следующем съезде кинематографистов председателем будет Виталик. Кроме шуток, у этого мальчика большое будущее в кино.

* * *

Я счастлив! Из ссылки в Горьком освобождены Сахаров и Боннэр! Беспокойно, что Сахаров плохо выглядит. Сказались голодовки, нервы. Он кажется совершенно беззащитным, но какая сила духа и стойкость святого.

Если всех партийных начальников разгонят к чертовой матери и призовут к власти диссидентов и ученых, всех, кто страдал за правду? Фантазия, но какая прекрасная.

Сегодня собрал кафедру, не сдержался и сказал, что счастлив, и тут же смутился, людям неинтересны мои эмоции.

Во дворе встретил Нину с Манечкой, собрались гулять в Летний сад, Нина горячо радовалась освобождению Сахарова из ссылки. Она единственная из всех Таниных друзей всерьез интересуется окружающей жизнью. Невозможно представить, что девочкой она, задыхаясь от злобы, кричала Тане «жидовка».

Вдруг заметил, что Нина симпатичная девушка. Сколько свиданий она пропустила из-за Манечки!

Все забывается, а как нервно началась Манечкина жизнь. Когда Манечку принесли из роддома, собрались Танины подруги. Люди, взбудораженные экстраординарным событием чужой жизни, от волнения и растроганности, от искреннего желания быть хорошими хотят помочь, но быстро приходит здравое отношение: я хочу помочь, у каждого своя жизнь. Девочки сказали: «Мы будем помогать» — и ушли. Студентки, веселые, свободные. Фаина сказала: «Вот, теперь ты поняла?» Таня заплакала.

Все было рассчитано по минутам: Тане в университет к шести, Фаина с работы в семь бегом с перевернутым лицом, мокрая от пота. Я думал, я смогу. Фаина кричала: «Ты дал ей кефир из магазина вместо кефира из молочной кухни, ты ее отравил!», Манечка плакала, я плакал, Таня плакала. Манечка не пострадала, но поняли, что невозможно, что Тане придется бросить университет. И вдруг Нина. Нина не просто дала ей возможность учиться. Эта девочка фактически спасла ее. Если бы Таня тогда бросила университет, она бы уже не поднялась, осталась бы без образования, без будущего, никем.

Если подумать, Нина совершила подвиг, настоящий подвиг дружбы. Слишком громко для двух часов с Манечкой? Но четыре вечера в неделю, но два года! В юности кажется, что впереди необозри-

мое время, можно два года с чужим ребенком по-
сидеть, все свое еще успеется. Дружба в юности
безусловна, горящие глаза, мы друг для друга все,
а в зрелости, сохраняясь в целом, распадается на
куски. Наша распалась на мою нежность к Фире,
мою с Илюшкой взаимную снисходительную пре-
зрительность, Фирину обиду и Фаинину ревность.
Во всей этой мешанине есть и не самые светлые
чувства, при том, что нам четверым уже поздно на-
чинать жить друг без друга.

1987

Ворвались люди в черной эсэсовской форме,
спрашивали, где Манечка. Я кричал, звал Фаину, и
они сказали: «Фаину уже забрали». Я умолял их
взять меня вместо Манечки, приводил аргументы:
«Она ребенок, а я доктор наук, профессор, мои
труды известны за границей» — но эсэсовцы смеялись и твердили: «Нам нужен ребенок». Проснулся и бросился к Манечке. Глупо, но перенес ее к
нам, положил между собой и Фаиной. Остаток ночи думал. Что отозвалось? Погромы в Проскурове?
Расстрелы в Бабьем Яру? Освенцим? Анна Франк
в своем убежище? В ситуации опасности у людей
любой национальности одинаковые чувства —
страх, отчаяние, — отчего же с такой готовностью

отозвалось подсознание, ведь это был привычный страх и привычное отчаяние.

Факты не радуют. Манечка, придя из садика, кружилась и пела: «Я жидовочка-веревочка, я жидовочка-веревочка».

В апреле было осквернено еврейское кладбище. Разрушена могила Фириной матери, Марии Моисеевны, а всего 77 могил. Через неделю инцидент в синагоге. Подростки выкрикивали антисемитские лозунги, пытались открыть ворота синагоги. Я, кстати, за всю жизнь ни разу там не был. А сегодня в Москве на Манежной прошел антисемитский митинг общества «Память». Обвиняли евреев в Чернобыльской катастрофе. В том, что русский народ спивается, в сталинском терроре. В общем, старая история: «Если в кране нет воды, воду выпили жиды».

Первый несанкционированный митинг в стране, и первый же — против евреев. Будут погромы.

Что будет с Левой, что будет с Таней, Манечкой? Нужно всем уезжать. Вспоминаются, конечно, евреи в Германии перед Второй мировой — кто вовремя понял, те спаслись.

Фира бы сейчас сказала бессмысленно ласковое: «Эмка, осторожно ходи по улицам со своим лицом», Илюшка бы хихикнул — с какими же нам лицами ходить, с чужими? Я часто мысленно с ними разговариваю. Тоскую по ним страшно.

Но многолетняя любовь к Фире высохла, как ручеек от жары. Очевидно, ручеек у меня от природы неглубокий и вся любовь, на которую я способен, перешла к Манечке. С Фаиной мы стали близки, как не были в молодости, наша близость вся вокруг Манечки.

Наши перестали глушить вражеские голоса, не нужно прислушиваться, разбирать слова. Послушал Би-би-си, они оценивают ситуацию так — будут погромы.

У Фаины парадоксальная реакция на антисемитизм. Она, как ребенок, обиделась, что ее «обзывают», впервые в жизни задумалась над тем, что она не только кандидат наук, завлабораторией, но и еврейка, и отнеслась к своему вдруг обретенному еврейству как к совершенно новому увлекательному хобби. Попросила «что-нибудь почитать про еврейскую историю». Вот уж неисповедимы пути Господни.

Манечка спала, а я придирчиво всматривался в ее личико: можно ли ей с ее лицом ходить по улицам? Нет, ничего сугубо еврейского. В садике ее определили как «жидовочку-веревочку» по фамилии Кутельман.

Илюшка сказал бы: «Где твое еврейское самосознание?»

Мое еврейство вовсе не оскорблено этим антисемитским бесчинством. Если оно и есть во мне, то настолько интимно, невесомо, что я ощущаю его только в форме причастности к судьбе этого народа. Если завтра погонят в вагоны — я еврей.

В прежнем доперестроечном мире я мог считать себя евреем, но русским. При всем государственном антисемитизме, при том, сколько раз меня не пускали на конгрессы. Тут вот какая штука, государство не кричало на площади «еврей, убирайся вон», а что не названо, то не существует. Оскорбить меня как еврея у них не получилось. Оскорблено мое ощущение себя русским, которым я теперь едва ли могу себя считать. Грустно и странно к сорока с лишним годам оказаться ничьим. Чувство такое же, как в первые годы моей любви к Фире, когда я лежал ночью и думал: «Я тебя люблю, а ты меня нет». Вот, пожалуй, все, что я чувствую.

У меня хорошее настроение. Вечером был скандал со слезами и криками всех заинтересованных сторон. Таня забыла Манечку в детском саду, пришла с ней домой в девятом часу, при том, что последних детей разбирают около шести. Фаина кричала: «Ты не мать! Тебе должно быть стыдно! Это, в конце концов, просто неблагородно! Порядочные люди так не поступают!» Манечка, добрая душа, пыталась участвовать в скандале на стороне слабых, то есть Тани: «Мне в раздевалке хорошо, там... Там тапки. Мне в раздевалке было так хорошо, я могу там ночевать, если надо».

Что оказалось. Пока Манечка сидела в раздевалке с ошалевшей от злости воспитательницей, Таня сидела на скамейке напротив детского сада и читала шестой номер «Дружбы народов» — «Дети Арбата». А Фаинино «тебе должно быть стыдно! Это, в конце концов, просто неблагородно! Порядочные люди так не поступают!» относилось не к тому, что Таня забыла Манечку — вот он, ребенок, жив-здоров, — а к тому, что она унесла с собой журнал, который Фаина бросилась искать, придя с работы. Фаина кричала: «Я же сказала, я первая, так не честно, сегодня не твоя очередь... Ты не мать... отдай журнал!» Как в комедии.

Я тоже выступил как в комедии. Вышел на улицу с Манечкой, чтобы она не слышала криков, а «Дружбу народов» взял с собой. Это честно. После Тани читаю я, а не Фаина.

Я небольшой читатель в той старой, советской, жизни. (Мой писатель не в счет, для меня он не литература, а я сам. Его «Чевенгур», и «Котлован», и «Ювенильное море» дай бог тоже напечатают.) Но сейчас я как будто превратился в глаза, вернее, в очки. В «Новом мире» будет «Архипелаг ГУЛАГ», в «Октябре» будет «Жизнь и судьба» — тот самый роман, про который кто-то, кажется Жданов, сказал, что он не будет опубликован и через двести лет. У нас запущена машина времени!

Фаина с Таней еще не знают, какой их ждет от меня подарок. Разрешили безлимитную подписку на газеты и журналы! На мою кафедру всегда давали лимит: два «Новых мира», три «Октября», три «Юности», одну «Иностранку». Я каждый год хотел выписать все себе, но, будучи завкафедрой, захапать все самое лучшее некрасиво. А теперь я выпишу все, что хочу.

«Новый мир», «Знамя», «Октябрь», «Дружба народов» — это само собой, «Юность», «Москва», «Иностранка», обязательно наши ленинградские «Нева», «Звезда», «Аврора». «Огонек» и «Московские новости». Еще «Урал».

Теперь я смогу все читать сам, никому не дам. Кроме наших, с кафедры, у кого нет материальной возможности выписывать. Это все аспиранты, младшие научные, старшие научные... в общем, почти все. Все равно образуется очередь.

Может быть, не стоит говорить Фаине и Тане, что выписал все. Пока до них дойдет очередь, они меня сгрызут.

У меня исключительно хорошее настроение.

1988

У Нининого подъезда уже неделю дежурят журналисты. Хотят поговорить со Смирновой. Ольга Алексеевна прячется, не выходит из дома. Ходят слухи, что именно она написала текст письма в «Советскую Россию» «Не могу поступаться принципами». Нина Андреева, подписавшая письмо, — химик из Техноложки, а Ольга Алексеевна, как говорят, ее приятельница и единомышленница, преподает в Техноложке историю партии и обладает глубокими познаниями и хорошим слогом.

Неужели эта красивая женщина, похожая на царевну из сказки, придумала этот демарш сама? Красавица блондинка, с которой я шапочно знаком много лет? История творится рядом со мной, в соседнем подъезде.

Ну что они — или она пишет. Как говорит Манечка, когда хочет подчеркнуть ничтожную малость своего проступка, — «ничего такого особенного». Как преподаватель, куратор группы радуется, что ее студенты погружены в перестройку. Говорит со студентами о путях перестройки, считает своим главным долгом дать им верное понимание истории. Вместе со всеми советскими людьми разделяет негодование по поводу сталинских репрессий. Считает, что излишнее увлечение этой темой фальсифицирует историю страны, возмущена отрицанием роли партии большевиков на всех этапах построения социализма. Возмущена тем, что от сталинистов требуют покаяния, — они верили. Тут я с ней согласен, требовать покаяния бессмысленно, кто хочет, тот, я думаю, уже покаялся.

Большая часть письма посвящена Ленину. В какой-то пьесе на сцене глумятся над Лениным, поливая его из чайника водой, как кактус в горшке. В ее любви к Ленину я с ней не сойдусь, но верю, что ей от такой непочтительности искренне больно. Приводит много цитат из Ленина. Например: «...У нас ужасно много охотников перестраивать на всякий лад, и от этих перестроек получается такое бедствие, что я большего бедствия в своей жизни и не знал». Не поленился, пошел специально в библиотеку, нашел в сорок четвертом томе в отчете ВЦИК, 1921 год.

Что еще? Считает правильным запретить «все иностранное»: культуру, кино, литературу. Хочет испытывать гордость за державу, хочет, чтобы молодежь готовили к труду и обороне, а не к потреблению.

По сути, это требование немедленно прекратить перестройку. Но всего страшней тон письма. Догматичный, нетерпимый, командный — «вот так, и все».

Здесь какая-то загадка.

Почему на следующий же день письмо какой-то преподавательницы Техноложки Смирновой перепечатали все центральные газеты?

Сегодня приказом сверху было велено обсудить и одобрить письмо Смирновой в лаборатории Фаины, у Ильи в НИИ и у Фиры в школе. Почему частное мнение одного человека насаждается сверху, как партийная линия? Почему прошло три недели

и никакой реакции в прессе? Неужели все кончено? Неужели перестройке пришел конец?

...Бедная Нина. Чуть не плачет, на работе ее
бойкотируют как дочь той самой Смирновой, напи-
савшей за Нину Андрееву антиперестроечный ма-
нифест, не может же она отречься от матери...

Я шутил: «Мамы всякие нужны, мамы всякие
важны». Кажется, она называет Ольгу Алексеевну
за глаза не «мама», а «моя мать», все забываю, что
она приемная. Ольга Алексеевна удочерила девочку,
значит, она хороший человек. И вот поди ж ты, эта
красавица — тайное знамя антиперестроечных сил.

Ужасная моя двойственность. Невозможно высказать это вслух, становишься сразу противником
перестройки и ретроградом, чуть ли не сталини-
стом. Демократы бывают так же тоталитарны, как и
все остальные. В политике никто не хочет приме-
нять правило Нильса Бора, любое явление рассматривать как минимум с двух позиций.

Конечно, я на стороне прогресса, перестройки,
демократии, гласности, честного осознания истории, да и как я могу быть в другом месте, это мое
место по рождению, образованию, принадлежнос-
ти к определенному кругу людей. Но что-то во мне
отвечает этому ее пафосу верности. Нежелание
развенчивать сказку? Так ли уж хороша решитель-
ная замена всех знаков нашей истории с плюса на
минус? Может быть, народу все же необходимо

ощущать себя сильным, а не разоблаченным в своей глупости, проспавшим свою страну? Может, сказка лучше, чем правда?

Нет. Как говорит Манечка, «так тоже еще хуже». Без осознания правды не начнешь новую жизнь. И ведь я-то сам хочу знать правду, а не сказку. Что же, я, профессор Кутельман, задумал приберечь правду для себя, разделить правду на полную правду для умных и принаряженную для народа? Стыдно, Эммануил Давидович.

Записал вслед, как запомнил, «Новогоднее обращение Горбачева к советскому народу»: «...Уходящий год был отмечен масштабной работой по перестройке экономики... и все же экономическая реформа еще не заработала на полную мощность... Нам предстоит многое сделать в будущем году, чтобы решительно изменить ситуацию к лучшему. И эти изменения придут... Нам надо всем настраиваться на такую работу, которая позволит создать новое качество жизни для советских людей». Проверил по газетному тексту. Почти дословно.

1989

Всей кафедрой буквально приклеились к экрану нашего маленького кафедрального телевизора. Смотрим Первый съезд народных депутатов. Я, зав-

кафедрой, гляжу на всех умоляющими глазами про-
гульщика, нельзя ли отменить мои лекции.

Сахаров на съезде! Ребята аспиранты встали,
когда он вышел на трибуну. Они знают, что уже в
шестидесятых он требовал прекратить преследова-
ния за убеждения, отменить смертную казнь, реа-
билитировать депортированные народы, что отдал
свои сбережения на строительство больницы, что
в семьдесят девятом протестовал против ввода наших войск в Афганистан, читали статью, в которой
он предлагает конкретные пути всеобщего разору-
жения, но они впервые видят его, впервые его по-
казали по телевизору. Я тоже встал. Если есть на
земле святые, то этот больной, заикающийся почти старик — святой.

Вся кафедра возмущена тем, как депутаты безо-
бразно зашикали Сахарова. Горбачев практически
согнал его с трибуны, не дав договорить.

Вечером пришел домой, а там собрание. Дети.
Таня, Лева, Нина, Виталик. Сочиняют телеграмму
Сахарову.

Спорят, как написать.

Нина: «От всей души поддерживаем Ваши предложения по передаче всей власти Советам, отмене
шестой статьи Конституции СССР о руководящей
роли КПСС в обществе, по проекту договора между республиками».

Лева: «Глупо перечислять, будто он сам не
знает».

Таня: «"От всей души" звучит очень по-советски».

Виталик: «Мы с Вами».

Я возразил. На мой взгляд, слишком фамильярно, запанибрата. Это он голодал в Горьком до насильственного кормления в больнице, а мы были не с ним, мы были здесь. Действительно, такая простая мысль — «поддерживаем, преклоняемся, любим», — а как трудно выразить.

Сделали перерыв на чай. Нина рассказала, что знакомый ее сестры Ариши (или Алены) ушел из аспирантуры, куда его по огромному блату засунули высокопоставленные родители, чтобы открыть кооператив.

Ушел из аспирантуры, как это можно? Сказал, что теряет время, просиживает штаны. Допускаю, что наука интересует не всех, но быть кооператором, вместо того чтобы быть кандидатом наук?

Оказалось, что жена Виталика (никак не запомню ее имя) хочет открыть в нашем доме кооперативный магазин, где по высоким ценам будут продукты, которых нет в обычных магазинах. Я не буду покупать там. Как пользоваться тем, что не все могут себе позволить?

Я в своей жизни пользовался тем, что не все могли себе позволить. Профессорская зарплата позволяла мне ездить в отпуск на Байкал, на Алтай, мы спускались по Военно-Грузинской дороге, объездили Крым и Прибалтику. Это не было стыдно, это за мой труд, за мою докторскую, за учебник. Но жрать колбасу лучше, чем мои соседи, я не буду.

Нина настаивала на том, чтобы как-то выразить свое отношение к оскорбительному поведению депутатов и Горбачева: «Его оскорбили, а мы будем молчать?» Хотела добавить «желаем здоровья», Виталик предложил ей послать отдельную телеграмму: «Желаю здоровья и счастья. Целую. Нина».

В конце концов дети остановились на тексте: «Согласны с Вашими идеями, возмущены поведением депутатов, выражаем любовь и поддержку. Спасибо Вам за все». Что же, трогательно.

Возбужденные, отправились все вместе на Загородный на почту отправлять телеграмму.

Говорят, что телеграмм сотни. Советский уродец во мне нашептывает, что отправлять телеграмму наивно, что решит эта детская телеграмма? Но я знаю, что не прав. Что решит? Будет на одну больше.

А у каждого из этих детей уже формируется осознание себя не как винтика в системе, а как человека, от которого зависит будущее страны.

1990

Кто мог предположить, что Таня поедет в Париж? Можно ли было представить, что откроют границу и Таня, пусть отстояв многодневные очереди в ОВИРе, но все же поедет в Париж по приглашению какой-то своей подруги-француженки?

Манечка на Танин вопрос, что ей привезти из Парижа, ответила: «Привези мне сок».

Я чуть не расплакался. Бедные наши дети. Где-то она увидела это импортное чудо, апельсиновый сок в маленьком пакетике, к которому приклеена пластиковая трубочка.

Таня привезла из Парижа плюшевых зверей Манечке и чемодан размером с диван. Чемодан лежал в гостиной открытым. Всю первую неделю после ее приезда валом валили гости. Да это и понятно, человек приехал из Парижа. Каждый новый гость перед рассказом о Париже выбирал себе из чемодана подарок. Кофточки, рубашки, туфли, перчатки, заколки... По Таниным словам, в настоящих парижских магазинах она не была, но была в каком-то «Тати», где на имевшуюся у нее небольшую сумму приобрела все это яркое парижское роскошество. На мой вопрос, откуда у нее франки, Таня ответила небрежно: «Да так, кое-что продала. Пластинки Окуджавы и Высоцкого и командирские часы в русский магазин, сейчас мода на все русское». Какие часы? Не хотелось углубляться и думать, что моя дочь спекулянтка. Но гости счастливы, и счастлива Таня, ухитрившаяся одарить всех.

В печати одно за другим разоблачения бывших следователей НКВД. Разоблачения подлецов меня почему-то не радуют. У меня на кафедре работает дочка одного из «разоблаченных», доцент, после статьи ходит не поднимая глаз. Спросила меня: «Вы меня уволите?» И как ребенок: «Папа был хороший». Ее папа мог быть тем самым следователем, который посадил моего папу. Но я почему-то почувствовал себя виноватым.

Хотел бы я, чтобы следователь, который вел дело моего отца, был публично назван? Но ведь живы его дети, внуки, как им жить? Нет. Я бы не хотел. Важно осознание, а не чье-то имя. Иначе получается, что сначала они нас, а потом мы их? Гонимые и гонители меняются местами, используя все то же право сильного унижать слабого, и это замкнутый круг ненависти, бесконечный процесс.

Правда, высказанная излишне громко, на мой взгляд, в чем-то теряет. Демократы оказываются такими же агрессивными и нетерпимыми к чувствам других, по существу, такими же тоталитарными.

Одно радует. Больше никогда в нашей стране у власти не будет КГБ!

* * *

Как пишут в романах, «На этом записки Кутельмана обрываются». Или заканчиваются. Но — на этом записки Кутельмана не заканчиваются. Просто сейчас не его очередь рассказывать, что было дальше. Как говорил профессор Кутельман пятилетней Манечке, обучая ее чтению по книге Успенского: «Хочешь узнать, что случилось с Чебурашкой, — читай дальше».

1991 год. Три дня любви

19 августа

— Ну что, пиздец?.. — сказал любимый голос.

Кутельман спросонья не понял, кто звонит, но подсознание откликнулось — любимый голос, не в том смысле, что — любимой женщины, а *родной*. Было шесть утра.

— ...У нас пиздец... у Фиры список... сейчас придем.

— Что с Манечкой, что?! — Фаина села в постели с безумными глазами.

— Не с Манечкой. Это Илюшка. Они придут, — сказал Кутельман, торжественно, с делано равнодушным видом, как посол вражеской державы, вручающий ноту примирения.

— Так, что у нас есть?.. — Фаина вскочила, в ночной рубашке бросилась на кухню, вернулась, сообщила совершенно проснувшимся голосом: — Печенье, зеленый горошек, курица.

Печенье добыла Фаина, стыдливо выстояв очередь, — интеллигентному человеку не пристало стоять в очереди за продуктами, но — Манечка любит, и она стояла, с «Новым миром» в руках, с отрешенным лицом, будто стоит в очереди не за печеньем «Мария», а за разумным-добрым-вечным. Печенье было личным Фаининым достижением, а курица — взятка, подношение одного из аспирантов Кутельмана, чрезвычайно расторопного, без приглашения явился к Кутельману со своими расчетами и преподнес Фаине курицу. Фаина совсем была недобычливая, изо дня в день изумленно повторяла: «Эмка, я зашла в магазин, ты представляешь — пустые прилавки, в буквальном смысле пустые!.. Продуктов нет, не так, как раньше, до перестройки: ничего нет, но у всех все есть, а *в буквальном смысле* нет...»

— Где твой аспирант взял горошек, не говоря уж о курице?.. Откуда в наше время у честного человека курица? — удивительно бодро для шести утра пошутила Фаина.

Кутельман с привычной домашней завистью отметил, какая хорошая у нее реакция, — Фаина просыпалась прежде будильника, одевалась резво, словно служила в армии, она как бы приспособлена для бодрствования, в то время как он был приспособлен для сна, с трудом вынимал себя из сонного забытья, особенного ночного думания. Только он позавидовал, как Фаина вдруг повела себя не-

203

стандартно: застыла, замерла, напряженно глядя в дверцу шкафа. Что она увидела в полированной дверце, кроме собственного отражения, — удивилась себе в наивно кокетливой ситцевой рубашке с рукавами фонариками, детской расцветки, белой в красный горох? Ему пришлось помахать перед ней рукой — «эй, ты здесь?» — и она встряхнулась, принялась нелепо, рывками, как несмазанный железный человечек, натягивать халат, не сразу смогла попасть в рукава — дрожали руки. Восемь лет не виделись с Резниками, не разговаривали, сразу после ссоры казалось — как жить, невозможно, но жили — восемь лет!..

Суетились бестолково вдвоем — чайник на плиту, печенье «Мария» в вазочку, Фаина зачем-то вареную курицу плюхнула на тарелку — в шесть утра! Огляделась, покружила вокруг стола и, будто окончательно потеряв связь с реальностью, водрузила в центр неоткрытую банку горошка. Встали у двери вдвоем, прислушиваясь к звуку лифта. Фаина сказала:

— У них что-то случилось. Мы, конечно, поможем, но имей в виду — будем держаться холодно. После всего!.. Холодно и отстраненно.

У обоих сердца бились так сильно, что, казалось, другой услышит. Кутельман взял Фаину за руку — он уже и не помнил, когда касался ее, и так, взявшись за руки, как дети, они простояли у двери пол-

часа. Почему их так долго нет, не придут, переду-
мали?.. И когда Кутельман смущенно заерзал —
не почудилось ли ему со сна, не приснился ли ему
этот звонок и этот голос, — хлопнула дверь лифта, приехали...

— Ну вот... Помни, никаких «Фирка», «Илюшка»... Холодно и отстраненно.

Фаина открыла дверь с приготовленным строгим
лицом, и — Кутельман не успел ее подхватить, она
просто вывалилась из квартиры, как картина из ра-
мы, упала на Фиру, обняла, забормотала: «Фирка,
Фирка...». Кутельман взглянул на нее с потаенным
смешком — чрезвычайно холодно получилось, исключительно отстраненно. Фаина повторяла «Фирка, Фирка...», Фира стояла в ее объятиях, как ка-
менный идол, — тоже приготовила лицо, перед тем
как позвонить в дверь, а сама будто невзначай при-
двигалась к Фаине ближе и ближе, пока они не стали одно.

— ...Вот пиздец так пиздец!.. — сказал Илья, и
Кутельман послушно кивнул «да, конечно», — восемь лет не виделись, не разговаривали, восемь лет,
вот Илюшка и хорохорится от смущения, от смущения повторяет одно и то же: — Ф-фу, еле допер...
Илья втащил в прихожую два огромных чемодана, до последней царапины знакомые Кутельманам
по совместным поездкам в отпуск, потертые, ви-
девшие Прибалтику, Крым, Кавказ. Почему-то он

в шесть утра был с чемоданами, как будто пришел
к Кутельманам жить.

— ...Знаете, что они сейчас сделают? Обольют
грязью демократов, расскажут, что они у народа
все украли, потом кинут кость, понизят цены на ка-
кую-нибудь херню... В этой стране никогда не будет толку... Эй, вы что? Вы не знаете?! Господи, ребята!.. А я, мы... Фирка всю ночь не спала, у нее
список... Переворот!.. Военный переворот!.. Фаинка, включай телевизор! Эмка, радио! Скорей, по-
пробуй поймать, может, еще успеем, может, еще
не начали Би-би-си глушить!

По телевизору показывали «Лебединое озеро»,
вчетвером молча смотрели на маленьких лебедей,
семенящих на экране, мерцающем мертвенным го-
лубым светом старой записи, «та-рам-пам-пам, та-
ра-рам-пам-пам» звучало издевательской насмеш-
кой, потом слушали Би-би-си. Военный переворот,
объявлено чрезвычайное положение, Горбачев аре-
стован, в Москве танки.

— Лева сегодня прилетает из Нью-Йорка, в два
часа, я всю ночь не спала... включила телевизор, а
там переворот, а у меня только форшмак готов... и
оливье... — сказала Фира как-то по-стариковски,
путано, но ведь она всю ночь не спала, бродила по
квартире, убирала Левину и без того идеально чи-
стую комнату, зачем-то вымыла ванную, как будто
Леве важна чистота коммунальной ванной, рассма-

тривала свой список: пирожки, блинчики и так далее, на целый лист.

Ей, конечно, не требовался список продуктов, чтобы приготовить Левину любимую еду, это был комбинационный план, она прикидывала, что лучше — блинчики или пирожки, пирог с яблоками или «наполеон», ведь сахар по талонам, мука по талонам. Пирожки, блинчики... И такая вдруг подступила горечь: Лева приезжает — праздник, а как же Кутельманы?..

— Будем встречать Леву в аэропорту форшмаком. Ты ему форшмак на рушник положи, как хлеб с солью... А оливье в карманы напихаешь... Если люди удивятся, скажем: аидише мама, у евреев такая традиция, у них форшмак — символ любви... — сказал Илья. Илья никогда не мог вовремя остановиться.

В квартире включено было все: два телевизора, радио. В десять часов выступил военный комендант города, и отовсюду, из кабинета, гостиной, кухни, зазвучало: «В целях гарантирования безопасности граждан, обеспечения нормальной работы экономики, транспорта, общественных учреждений, а также поддержания должного порядка в городе Ленинграде и прилегающих к нему районах с четырех часов девятнадцатого августа введено чрезвычайное положение».

— Эмка, ты, конечно, профессор, но я всегда говорил — надо валить! И кто оказался прав?

Кутельман кивнул, не желая спорить, как будто Илья не знает, что применительно к нему «надо валить» — пустой звук, у него секретность, первая форма. Кутельман и Илья приникли к приемнику, возились, переругиваясь «ты не услышишь, пусти меня, лучше я», сидели щекой к щеке, опять отталкивали друг друга.

— К Москве движутся войска. Триста танков, четыреста бронетранспортеров и БМП, — повторил за Би-би-си Кутельман.

— Манечка... Манечка на даче в Репино...

— Фаина, *к Москве* движутся войска, не к Репино!

В кисло-сладкой Фаине убавилось кислоты, прибавилось сладости, Фира, цыганка-молдаванка с седой прядью, теперь они с Фирой не «красивая» — «некрасивая», а просто две неюные женщины. Илья все тот же красавец, возраст ему к лицу, Кутельман как засахаренный фрукт, стал собственной засушенной копией... Конечно, они изредка видели друг друга — из окна, но много ли насмотришь из окна, из-за занавески... Говорили все разом, упоенно перекрикивались, не слушая друг друга, стараясь быстро высказать свое, наслаждаясь тем, что они опять рядом, всматриваясь друг в друга любовно-внимательно, — влюбленные после разлуки.

— Ты слышал?.. В Москве танки... — повторил Илья, как будто Кутельман не сидел рядом, и это означало «ужас что творится, вот я и пришел».

Кутельман представил, как Илья, увидев в шесть утра «Лебединое озеро», бросился набирать его номер — в такую минуту он *имеет* право, в такую минуту все ссоры побоку, и озабоченный, возбужденный, счастливо побежал через двор, словно переворот был предлогом помириться. Кутельман повторил «в Москве танки», и это означало «ужас что творится, и — счастье, что ты пришел». Драматичность ситуации даже как-то обостряла счастье примирения, и можно было ничего не выяснять, как бы сплотиться перед лицом рока...

Они и сплотились, странно счастливые в несущемся с экрана телевизора кошмаре, и тут же, как прежде, принялись все вчетвером беспокоиться о Леве, словно их общая любовь к Леве была привычным умением, которое не забывается, как умение плавать или ездить на велосипеде.

... — Боже мой, Фирка, только какой-то свет, перспективы у страны, у детей, у Левы... Лева!.. Надо же, еврейское счастье — прилететь сюда в путч!..

— Мы сразу же чемоданы собрали, Левины зимние вещи, книги... Мы прямо от вас в аэропорт, — сказала Фира. — Леве нельзя в город ехать, нельзя даже выходить из аэропорта, нужно сразу же улететь обратно, в Нью-Йорк. В любую минуту могут закрыть границу, и все, его уже никогда не выпустят...

209

Елена Колина

— Съел форшмак и — на самолет, в Нью-Йорк... — Илья улыбался по своей привычке говорить о самом для себя главном не всерьез, но губы дрожали.

Резникам было за что волноваться.

Лева защитил кандидатскую в ЛОМИ, Ленинградском отделении Математического института Стеклова, у самого академика Никольского. Никольский — это функциональный анализ, теория приближения функций, теория квадратурных формул, его имя произносили с придыханием все математики страны. Должен был работать в институте Стеклова в пяти минутах от дома, на Фонтанке, сразу за Аничковым мостом, напротив Дворца пионеров, где в детстве занимался математикой, будто и не ушел из своего детства, от мамы. И вдруг — Америка! Вымечтанная Фирой сказка «Левина прекрасная жизнь» стала явью, Леву пригласили в Калифорнийский университет в Беркли. Беркли — атомная бомба, водородная бомба, циклотрон, антипротон, лазер, фотосинтез. После Левиного отъезда Фира сотни раз машинально выводила на листках бумаги, на салфетках, однажды даже на тетрадке, в которой проверяла чью-то контрольную работу, The University of California, Berkeley.

Лева писал Кутельману (а он, конечно же, писал Кутельману, он и не должен был высоко нести знамя «взрослой» ссоры), писал о том, что было интересно обоим, о различии в системе физико-математического образования в Союзе и Америке. Писал, что в Союзе он студентом изучал все — радиофизику, квантовую механику, ускорительную физику, теорию излучения, ядерную физику, феноменологию частиц, чего только не изучал, а в Америке все не так: предметы делятся на немногие обязательные и предметы по выбору, выбрал, к примеру, радиофизику, а феноменологию частиц не выбрал, и вроде бы такая фрагментарность знаний не хороша, но американские физики почему-то при этом хороши. Писал, что на лекциях по физике ему приходится рассказывать студентам о необходимом математическом аппарате, а как за одну лекцию рассказать, к примеру, об интегрировании методом неопределенных коэффициентов, которое он сам студентом изучал целый семестр? Писал, что американская система на первый взгляд хуже, но по результатам лучше... И ни слова о себе. Писал об участившихся в последние месяцы приездах знакомых из совка, называл их пылесосами за то, что метут копеечный ширпотреб. Кутельману отчего-то было обидно, словно пренебрежительный тон — «совок», «пылесосы» — относился лично к нему, как будто кто-то чужой посмеивался над его деревенской мамой. У Кутельмана не было деревенской мамы, но так он себе это представлял и чувствовал за нее неловкость перед этим *чужим*, и как будто в глазах появляется суетливая загнанность, и до невозможности хочется этого *чужого* ударить...

«Чужой» было именно то самое, правильное слово. Кутельман помногу раз перечитывал письма, пытаясь разглядеть прежнего Леву, своего мальчика, за этим высокомерием, за мгновенной привычкой к западной жизни, но нет — это был чужой мальчик. Лева и о событиях в Союзе писал как чужой, писал, что ему неинтересно бесконечное обсуждение ленинизма-сталинизма, бессмысленные баталии на бессмысленных съездах, и все это — детство человечества. И как всегда, страшно далеки они от народа, неумытым массам не нужна демократия, наш народ за демократию на баррикады не пойдет. В сущности, ничего особенного, обычный интеллектуальный снобизм, разделение на «мы» и «они, быдло».

Все коллеги Кутельмана, вообще все люди его круга говорили «народ» или «наш народ», имея в виду, что это все, кроме них самих. «Наш народ любит...» или «наш народ не любит...», и всякий раз оказывалось, что наш народ любит всякое дерьмо и не любит ничего светлого. Это никак не было связано с национальностью, только с образованностью, так говорили и русские, и евреи, и его аспиранты-узбеки, — Кутельман почти не был знаком с «простыми людьми», но те, с кем он сталкивался, дворник Толстовского дома, водопроводчик, который был в доме много лет один и уже стал как родственник, продавщица из магазина в Толстовском доме, — все они говорили «наш народ» с той же иронией, так же отделяя себя от него. Получалось, он не знал ни одного человека, который по своей воле причислял бы себя к народу, — и тогда возникал забавный вопрос: а есть ли он, этот народ?.. Но одно дело рассуждать так у себя дома, в Ленинграде, ругаешь, в сущности, себя самого, а в Левиных письмах звучала брезгливая дистанцированность, как будто это уже была его бывшая родина, не только географически, но и психологически далекая. Сам Кутельман горячо и даже отчасти горячечно читал, смотрел, обсуждал, думал, а Лева в письмах как будто вяло цедил сквозь зубы, к примеру, очень занимавший Кутельмана спор о роли Ленина и Сталина в истории иронически назвал «детство человечества»: мол, все это интересно только бабкам-дедкам. Но ведь это *его* бабки-дедки, его история, наша!.. Для того мальчика, которого Кутельман прежде знал как себя, Лева рассуждал слишком примитивно, слишком однозначно мыслил. Как ученый Кутельман всегда *изучал* проблему, и в данном случае дело было не в том, что Левины суждения были ему неприятны, а в том, что непонятен был сам Лева. Подумав, Кутельман решил — очевидно, рациональное начало в Леве окончательно победило романтика, и если посмотреть здраво, это не удивительно. На протяжении своей жизни Лева несколько раз так резко менялся, был таким разным: ребенок-гений, романтичный подросток, трезвый взрослый, взрослее его самого человек. После отказа от математики последовало решение стать физиком, а физик — это другие мозги, другой тип мышления, суть этого выразил еще Аристотель: физика изучает предметы, находящиеся в движении, математика занимается вещами, отдельно от предметов не существующими. Математик ориентирован на абстракции, но при формальной точности рассуждений склонен к чувственному восприятию реальности, Лева же выбрал физику, а для физика истина — наблюдаемая реальность, которую необходимо изменить в правильном направлении.

...И все же Кутельмана не оставляло ощущение, что мальчик запутался. В одном из писем вдруг по-детски прозвучало: «Эмка, а ты докажи, что у этой страны есть хотя бы один шанс!» Похоже, Леву заклинило, как в раннем детстве, когда он ни за что не соглашался с пятым постулатом Евклида о параллельных прямых, — если его нельзя доказать, а нужно поверить, то он *ни за что* не поверит, что две параллельные прямые никогда не пересекутся. Тогда он рассказал семилетнему ребенку о геометрии Лобачевского, теперь же холодно написал в ответ, что безупречная логика евклидовой геометрии ничуть не уступает логике геометрии Лобачевского, это просто два видения истины, противоречащие друг другу, и, как известно Леве, есть еще геометрия Римана, противоречащая геометриям Евклида и Лобачевского и по теории относительности лучше всего описывающая наш мир. Как сказал Пуанкаре, одна геометрия не может быть истинней другой, она может быть удобней, и если Лева выбрал истину «у этой страны нет шансов», значит, эта истина для него удобна и он не станет его переубеждать.

Звонил телефон, Кутельману звонили аспиранты, сотрудники кафедры, сообщали новости, спрашивали, что делать, как будто он должен дать какие-то директивы, и был звонок от предприимчивого аспиранта с курицей — если в стране путч, можно ли ему не делать расчеты, — шутил не только он, пошутить старались все. Информация по Би-би-си, однако, поступала тревожная: у Белого дома бронетехника, возводят баррикады, есть сведения, что этой ночью Белый дом расстреляют из ракет, Москву зальют кровью...

— ...Неужели будут стрелять в толпу? ...Неужели у них хватит подлости отдать приказ стрелять... У них на все хватит подлости...

— Военные не будут стрелять в народ!..

— Все зависит от того, кто сильнее — Ельцин или Горбачев...

— Собчак не допустит кровопролития в Ленинграде...

— Собчак всегда сидит напротив меня в филармонии, я в партере слева, а он в ложе... — сказала Фаина. — ...Его Ксюша учится в школе вместе с Манечкой, она славная девочка, такая тихая... Мы прошлой осенью поехали в Павловск пошуршать листиками, встретили Собчака с женой и Ксюшей, остановились, поговорили... Они сказали: «Мы каждый год приезжаем пошуршать листиками», — они даже говорят как мы, они совершенно как мы...

Все кивнули, как будто встречи Фаины с мэром Ленинграда в филармонии и в Павловском парке — самый главный аргумент, но все поняли, что она имела в виду: Собчак свой, ленинградский профессор.

— Вся надежда на Собчака, — сказал Илья, и девочки, Фира с Фаиной, согласились.

Кутельман сказал, что разговоры, кто сильнее — Ельцин или Горбачев, напоминают ему вопрос «если кит на слона налезет, кто кого сборет?» и что он согласен — вся надежда на Собчака.

... — Я... мне нужно... я на минутку... быстро позвоню и вернусь... — сказал Илья.

Он давно уже как-то странно ерзал, поглядывал то на дверь, то на телефон, как собака на цепи на лежащую в недосягаемом месте кость. Все промолчали, сделали вид, что мчаться на улицу, звеня двушками, из квартиры с телефоном — обычное дело, нечему удивляться. Кутельман думал: как наивно мы думаем, что понимаем близких людей, раз и навсегда разобравшись в их человеческой сути. Илюшка, такой легковесный в своих любовных играх, оказался до странности преданным той, другой женщине. За эти годы Кутельман не раз встречал их вместе — Илью и его любовницу. Впрочем, какая она любовница, она ему как жена, вторая жена на соседней улице.

Илья ушел, а Фира вдруг спохватилась, сбегала в прихожую, принесла пакет, в пакете наволочка, будто песком набитая.

— Я же вам сахар принесла! У меня сахара восемь килограммов, я вам половину отсыпала.

Кутельман улыбнулся — как трогательно, как это по-Фириному, восемь лет не разговаривать, проходить мимо Фаины, как мимо стенки, спустя восемь лет прийти с каменным лицом — и принести сахар.

— Фаинка, что у тебя вообще есть? — деловито спросила Фира. — У меня десять килограммов вермишели...

Смеялись как прежде, как не смеялись восемь лет — с новыми друзьями получалось *общаться*, но вот смеяться не получалось, — веселились, прикидывая, на сколько можно растянуть Фирину вермишель — в буквальном смысле на сколько можно растянуть десять килограммов вермишели — на несколько километров. Хихикали, как дети, обожающие туалетный юмор, обсуждая, как строго Фира будет выдавать им туалетную бумагу, которой при вермишельном питании много не понадобится, смеялись, остро чувствуя страх, отчаяние при мысли о возвращении прошлой жизни, и необыкновенную нежность друг к другу.

Мелькнула ли у кого-то из четверых мысль: а что, если дети по каким-то своим детским причинам врали и Манечка — их общая внучка?.. Нет. Через восемь лет они мгновенно вернулись к прежнему состоянию: Фаина вся, до последней клеточки, была поглощена Фирой, Фира — Левой, Илья — ситуацией, Кутельман — своими мыслями. Кстати — с тех пор как Манечка стала быть, он не вспоминал о той запутанной ситуации, о прошлой недосказанности, и на всплывающий изредка вопрос, кто же все-таки отец Манечки, отвечал себе — «я отец». Так что даже некоторая кривизна прежней ситуации не отбрасывала тени.

И когда пришло время, все вместе собрались ехать в аэропорт — проводить военную операцию по спасению Левы. Вчетвером было бы удобней ехать на машине Кутельмана, но «Волга» стояла в гараже, а Илья держал свой «Москвич» во дворе, у подъезда, сосед с первого этажа присматривал, —

правда, никто на «Москвич» не покушался, только иногда на весь двор слышалось «кыш с Илюшкиной машины!» — сосед отгонял присевших на капот кошек. Илья жил здесь так давно и так дружелюбно, что двор Толстовского дома был как будто продолжением его квартиры, — он все обо всех знал, со всеми сплетничал, всех мирил, а уж сколько раз он слышал от местных алкоголиков «ты, брат, хороший мужик, хоть и еврей» — не счесть.

Стояли у машины, Фира уже начала нервно дрожать губами — Лева, Лева! Из окна первого этажа высунулся сосед в майке, крикнул:

— Эй, Ильюшка!.. Слыхал, из Гатчины идут танки?..

Все на секунду замерли — «танки, на Ленинград идут танки...», и Кутельман, опомнившийся первым, пробормотал «Манечка!..». И на Фирины разумные слова «что может случиться в Репино?» вскрикнул «мало ли что может случиться!», вскрикнул и мгновенно устыдился визгливых ноток в голосе и своего глупого бабьего страха. И уже знал — пусть по-бабьи глупо, но он будет сидеть рядом с Манечкой, как цепной пес!

— Ты прав, мало ли что... — быстро поправилась Фира. — Эмка, знаешь что?.. Ты поезжай к ребенку.

Кутельман кивнул. Фира ни разу не сказала «Манечка». Когда Фаина про Манечку и Ксюшу

Собчак говорила, сделала вид, что не слышит. Умная Фира, первая сказала «поезжай», раньше него поняла — есть территория, на которую ей хода нет, он уже не на любовной цепи у нее, он на цепи у Манечки — бросился к Фире, натянул цепь, а Манечка не пускает. По-другому не будет, и нужно принять, иначе *ничего* не будет.

— Наш-то, Собчак, сказал — мы им Ленинград не отдадим! — сказал сосед.

У Ильи вдруг затуманились глаза, сделались губы бантиком — брови домиком, и все растроганно улыбнулись тому, как они все друг о друге знают. Умильное лицо — губы-бантиком-брови-домиком был знак — сейчас брякнет глупость, такую пафосную и сентиментальную, что всем станет неловко.

— Ребята, никто не знает, что теперь с нами будет, но что бы ни было, самое прекрасное мы спасли — нашу дружбу, — значительно произнес Илья.

— Ты что, уходишь в бой? — хмыкнула Фира, все опять улыбнулись тому, как привычно она его одернула, снизив его пафос до приемлемого бытового уровня, но Кутельман с Ильей почему-то обнялись, как перед разлукой, а Фаина не отводила глаз от Фиры, не могла налюбоваться.

— Призывают записаться на охрану Ленсовета, — сказал сосед. — Ильюшка, я один-то не знаю, а с тобой... Пойдем запишемся?..

Кутельман заморгал-заулыбался от неловкости, что его не позвали, искоса взглянул на Илью, затем на Фиру. Илюшка, губы бантиком — брови домиком, рванулся глазами — защищать Ленсовет, защищать демократию, — но Фира на него *посмотрела.* Бедный Илюшка, записаться на охрану Ленсовета звучит для него так же, как записаться в мушкетеры короля против гвардейцев кардинала, для него во всем есть элемент игры. Бедный Илюшка, прожил не свою жизнь, хотел приключений, а просидел в НИИ... Эмиграция могла бы стать для него приключением, но уехать Илья не мог — получил секретность, когда Фира настояла, чтобы Илья стал его аспирантом, когда отдала Илью к нему в аспирантуру, как отдают ребенка в детский сад. И вот результат Фириных амбиций: диссертации нет, а секретность есть, а Илюшка получается без вины виноватый... И вот ведь ужас — если повезет и Лева улетит обратно в Нью-Йорк, может случиться так, что Фира с Ильей никогда не увидят сына, никогда... Сейчас власть начнет мстить демократам... среди них, кстати, много евреев, начнется разгул антисемитизма, антисемитизм — это всегдашний довесок реакции... Кутельман виновато поежился — стыдно, что он заранее думает, что все пропало, что ничего сделать нельзя. Но понятно же, откуда такая обреченность — советский страх, умноженный на извечный еврейский страх, что все перемены к худшему, *особенно к худшему* для них.

Расстались во дворе. Если раньше все вместе рванули бы в аэропорт, с форшмаком и полными любви к Леве глазами, то теперь разделились: Кутельманы в Репино — охранять Манечку, а Резники в аэропорт — спасать Леву.

— ...Фаинка! — проехав до середины двора, закричала Фира. Илья затормозил, и она вышла — лицо строгое, в руке банка.

Фаина испугалась — что?..

— Возьми форшмак. Для Манечки.

Илья высунулся из машины, скорчил умильную мину — губы бантиком, брови домиком — и сказал голосом экскурсовода, рассказывающего туристам о любопытных местных традициях:

— У ленинградских евреев форшмак — символ любви.

* * *

Смирновых разбудила Нина. Ей позвонили с телевидения: «К власти пришла военная хунта!.. У тебя эфира не будет...» — и, вскочив с постели, она понеслась по квартире, как ошалевший буревестник, без стука в кабинет к Андрею Петровичу, в спальню к Ольге Алексеевне. Смирновы давно уже спали раздельно.

— Вставайте, к власти пришла военная хунта! — прокричала Нина в распахнутые двери и осеклась — слова «военная хунта» были не вполне уместны. Реакцию Андрея Петровича нельзя было предвидеть, но Ольга Алексеевна может ответить: «К власти пришли наши!» и с давно уже поселившимся в ней упрямым желанием ссоры добавить: «Сейчас наши вашим покажут!», и Нина не сможет удержаться от резких обидных слов, на которые она не имеет права...

Семья Смирновых, прежде патриархально-центрическая — Андрей Петрович главный, Ольга Алексеевна бесконечно ему предана, девочки врут и скрывают *все*, но внешне послушны, — теперь напоминала корабль в чужом порту: капитан оставил капитанский мостик, штурман заперся в каюте, а матросы на танцах. Вот уже почти год, как в семье произошел раздел на «наших» и «ваших», можно сказать, в семье шла маленькая гражданская война. И как в гражданскую войну, когда многие становились белыми или красными не по убеждениям, а просто оказывались — по воле обстоятельств, так и превращение Смирновых из нежной любящей пары в чужих людей, уже год как спящих раздельно, было следствием не столько разности убеждений, сколько характеров и обстоятельств. Ольга Алексеевна никогда не думала высокопарно, «ничто не в силах разделить нас» была данность, — Андрей Петрович впереди, разметая снег, она за ним, скользя по проложенной им лыжне. Но оказалось, кое-что *в силах* их разделить, кое-что

Елена Колина

по-слоновьи вперлось между ними, растолкало в разные стороны, и слово «развод» пока не приходило ей в голову лишь потому, что она не связывала свое несчастье с практическими действиями — пока не связывала.

На недоуменные слова Алены, сказанные Тане: «Родители на старости лет сошли с ума, поссорились и даже не спят вместе из-за политики...», та ответила: «Знавал я на своем веку причины и поинтересней», и обе засмеялись чуть свысока — эта неточная цитата из Голсуорси означала, что понятными, *законными* причинами супружеских разногласий могут быть измена, сексуальное недовольство и прочие интимные вещи, но не различие в политических взглядах, — ох уж эти впавшие в детство родители!.. Действительно, на первый взгляд причина разлада Смирновых выглядит схематичной и даже отчасти неправдоподобной, из ряда «так не бывает», но лишь на первый взгляд, за «расхождениями во взглядах» всегда кроется то самое, интимное. Год назад Ольге Алексеевне исполнилось пятьдесят, и... с чего начать — с тяжело протекающего климакса или с того, что чуть больше года назад была отменена 6-я статья Конституции о руководящей роли КПСС? Из всего, о чем будет рассказано дальше, ни в коем случае не следует, что приверженность коммунистической идее свойственна только ущербным личностям, душев-

224

но, сексуально или материально неудовлетворенным, отнюдь. Просто у Ольги Алексеевны получилось *все вместе*.

14 марта, по злой иронии судьбы в день рождения Ольги Алексеевны, была отменена 6-я статья и, как следствие, отменено обязательное изучение в вузах предметов «история КПСС» и «научный коммунизм». На официальное объявление своего предмета нелегитимным Ольга Алексеевна сказала «я теперь никто», что было совершенно естественной реакцией, — не то чтобы она больше беспокоилась о своем престиже, нежели об истории партии — история партии не нуждалась в ее защите, подлое решение не могло отменить историю партии как научное знание. Вот она и подумала в первую очередь о себе.

Как может то, что было всегда, перестать быть? И как быть самой Ольге Алексеевне, проснувшейся в свое пятидесятилетие «теперьникем», — дематериализоваться вместе со своей отвергнутой дисциплиной? Жалкой изгнанницей покинуть родные стены Техноложки, побрести по Московскому проспекту, прижимая к груди учебные планы, конспекты первоисточников, роняя листки, на которые, как слезы, прольется вечный ленинградский дождь, и расплывутся строчки: «**Вооруженная марксистско-ленинским учением Коммунистическая партия определяет генеральную перспективу**

Елена Колина

развития общества... — Дождевая клякса... — **...руководит великой созидательной деятельностью советского народа...»** — Дождевая клякса... Конечно же нет.

Никто не отменил ее предмет в одночасье. «Историю КПСС» уже не включили в учебный план следующего года, но сначала все шло по инерции. Нужно было дочитать курс, и Ольга Алексеевна дочитывала, с особенным тщанием, всматривалась в свои конспекты, как влюбленный перед разлукой, стараясь насладиться любимыми чертами, не упустить ни одной подробности. Однажды вошла в аудиторию, поднялась на кафедру и, оглядев полупустую аудиторию — а прежде не смели прогуливать ее лекции! — сказала: «Староста, список прогульщиков на стол!» — и вдруг услышала громкое, небоязливое, *наглое*: «Что вы так волнуетесь, вашего предмета больше нет, мы на вашей лекции химию делаем, у нас после вас химия», — и все засмеялись. Как будто и не смотрели ей преданно в глаза, как будто не дрожали перед экзаменами, как будто им было приятно ее унизить. ...Лекцию Ольга Алексеевна прочитала, затевать склоку с *недоумками* ниже ее достоинства, и голос звучал как прежде, и голова была высоко поднята.

После этой истории Ольга Алексеевна как будто внутренне пригнулась, сгорбилась, перед лекцией теперь всегда чувствовала начинающееся в ногах и доходящее до горла внутреннее дрожание, словно была заранее готова к удару, к унижению. Внешне это никак не проявлялось, никто не видел, не знал, но она знала!.. Почему это веселое хамство мгновенно ее сломило? Всего лишь хамство, всего лишь «вашего предмета больше нет», прозвучавшее как «вас больше нет»... То, что уверенность в себе помогает выстоять в испытаниях, — это иллюзия, первая в ряду разбившихся в этом году иллюзий. *Уверенный* перед унижением беззащитен, как всегда беззащитен человек перед неведомым, незнакомым, и выдернуть человека, непривычного к пинкам судьбы, с насиженного места в его картине мира куда легче, чем неудачника.

Ольга Алексеевна была по-прежнему красива, по-прежнему не суетно, как царевна-лебедь, двигалась, говорила с достоинством — жила с достоинством и собиралась именно так жить дальше. В молодости ее, идеальную и немного слишком монументальную, иногда называли «девушка с веслом», и сейчас, как случается со *слишком* монументальным сооружением, она неожиданно легко пошатнулась — пошла трещина, и девушка с веслом накренилась на один бок. Как всякий уверенный в себе человек, Ольга Алексеевна привыкла нравиться себе, а такой, накрененной на один бок, униженной, она не нравилась себе, не чувствовала себя собой... Такие вещи человек редко формулирует, и Ольга Алексеевна не формулировала, думала о более практических вещах: она обязана донести свои знания до тех, кто еще в них нуждается. Последнюю в семестре лекцию читала перед практически пустой аудиторией, двум студентам, парочке, которая забрела к ней на лекцию даже не с целью «сделать химию», а просто подержаться за руки на последней парте огромной, прежде всегда заполненной аудитории. Они держались за руки, перешептывались, краснели, полные своими ощущениями, не стеснялись ее. Как будто она фантом.

Конечно, можно было быстренько подсуетиться, начать преподавать историю или философию. Преподаватели истории КПСС боролись за лекционные часы по истории страны, преподаватели научного коммунизма, считая, что они ближе к философии, ринулись в философы, — Ольге Алексеевне образование и научная степень позволяли читать и историю, и философию. Но переквалифицироваться хотели все, и не такова была Ольга Алексеевна, чтобы *толкаться*. Не царское дело принимать участие в мышиной возне на кафедре, в битве за ставки и часы. Ольга Алексеевна поступила по-царски размашисто — дочитала свой курс и ушла из института.

Единственная ее приятельница в институте, вместе с которой написали когда-то письмо, на несколько дней сделавшее Ольгу Алексеевну знаменитостью, сказала ей по-женски, по-бытовому просто: «Оля, ну уйдешь демонстративно, а ты, ты сама — с тобой-то дальше что?»

И действительно — что?.. Что происходит с человеком, лишенным привычного самоощущения, сознания своей нужности, ценности, умения быть главным в своем маленьком кусочке мира? Каждому понятно: человека отвергли — человеку плохо. Но *как* плохо? Институтский преподаватель-лектор — особенная профессия, лектор имеет многолетнюю привычку властно оглядывать аудиторию, чувствуя, как приходит кураж — актерское слово, обозначающее особое состояние, возникающее в актере перед публикой, но преподаватель-лектор — тот же актер. А если еще и личностные свойства не таковы, чтобы легко смириться с обстоятельствами?..

Что касается личностных свойств, то о совсем еще юной Ольге Алексеевне коллеги говорили «много о себе понимает», — что происходит с человеком, который дополнительно к перечисленному еще и *много* о себе понимает?.. По шкале «плохости» Ольге Алексеевне было максимально плохо. «Плохо» выливалось в несвойственное ей прежде яростное желание обсуждать, осуждать, с брызжущим через край презрением она говорила о предателях, лишенных убеждений и совести, о тех, кто «и нашим, и вашим за рубль спляшем», — к приме-

229

ру, знакомый преподаватель научного атеизма бегом переквалифицировался в преподавателя основ религии. А вот она себя не предала!.. Хвалить себя тоже прежде было ей несвойственно, но ей было *обидно*, тысячи злобных ос вонзали в нее тысячи огненных жал, и она защищалась как могла.

Не хочется рассматривать Ольгу Алексеевну с биологической точки зрения, она сама никогда не рассматривала себя как биологическую единицу, на чью жизнь влияет пол, к примеру, никак не связывала свою эмоциональную устойчивость со счастливой сексуальной жизнью. Последний год был для Ольги Алексеевны годом разрушения иллюзий, «срыванием всех и всяческих масок», и... что поделаешь, — у нее был климакс, и это *влияло*.

Можно было еще раз упомянуть злую иронию судьбы, но это была уже не ирония судьбы, а изощренное издевательство. Почему первый приступ — внезапный колющий жар, текущий ручьями пот, бьющаяся на виске голубая венка, красные пятна на лице, на шее — настиг Ольгу Алексеевну в тот самый миг, когда она переходила в ненавистную категорию неработающих?! Ольга Алексеевна отнесла этот странный приступ на счет шока, случившегося с ней при виде записи в трудовой книжке «уволена по собственному желанию».

Начиналось всегда внезапно, продолжалось от нескольких минут до получаса, было чрезвычайно мучительно и повторялось по многу раз в день. Ольга Алексеевна — блондинка с тонкой кожей, красные пятна на белой коже предательски горели огнем, скрыть приступ невозможно. Андрей Петрович отправил ее к терапевту «провериться», ну, а терапевт — к гинекологу.

— ...У вас новый период в жизни... — привычно завел врач-гинеколог ведомственной Свердловки; начальственные дамы в климактерическом периоде были его основным контингентом, он знал, что с ними непременно нужно «подружить». — Менопауза означает...

...Менопауза, гормональная перестройка организма, падение уровня женских половых гормонов, прогестерона и эстрогенов... Снижение уровня эстрогенов вызывает состояние, аналогичное предменструальному синдрому... Раздражительность, плохое настроение, перепады настроения, плаксивость, обидчивость, нервозность... Жалость к себе, обида на жизнь, чувство, что никто не понимает, не жалеет...

Врач дружил, Ольга Алексеевна вежливо кивала, внутренне закрывшись за огромной стеной от всей его информации — все это не имело к ней отношения, не могло иметь! Эти ее приступы, «приливы» — просто жар, просто красные пятна, просто кружится голова и бьется сердце, но она не обидчивая, не нервозная, она точно такая же, как раньше.

— ...Сейчас нужно любить себя. В плохую минуту — ванна, душ, съесть что-нибудь вкусненькое... Но с едой осторожней, почти все женщины в климактерическом периоде полнеют... ...Кроме полноты, появляются и другие признаки старения: у блондинок резкое увядание кожи, у брюнеток оволосение лица... Гормональные средства могут и у блондинки вызвать оволосение лица... А жить половой жизнью можно.

Представив *себя*, живущую половой жизнью в усах и бороде, Ольга Алексеевна рефлекторно прижала руку к груди, и врач, не зная, чем утешить эту красивую, за время беседы дважды покрывшуюся красными пятнами даму, добавил:

— Климакс нужно просто пережить. Но при такой частоте приливов можно рекомендовать гормональные лекарства — вам выписать?..

Случались дни, когда один прилив сменял другой, как волны в шторм: одна волна, за ней другая, третья, без перерыва, но Ольга Алексеевна решительно покачала головой — лучше «просто пережить». Она даже аспирин при высокой температуре не принимала, лекарства принимают только при угрозе жизни, в остальных случаях — это слабость.

Выйдя из кабинета, Ольга Алексеевна подумала: ее кафедра будет теперь называться кафедрой современной истории, — у кафедры истории отберут двадцатый век. Ее коллеги будут преподавать историю двадцатого века, а она больше никогда не войдет в аудиторию, она — никто. Алена сказала: «Мама, ты — призрак замка Моррисвиль», неужели у нее совсем нет такта?! Подумала и заплакала, в точном соответствии с перечисленными симптомами. Но не признала, что это симптом. Признать, что она всего лишь частный случай тяжело протекающего климакса, — *нет*.

...Андрею Петровичу было сказано уклончивое «давление, печень... все вместе», — что-то скачет, что-то пошаливает, словно все ее органы разом ударились в пляс. Слово «климакс» имело в ее сознании оттенок насмешливого презрения, недаром говорят «сумасшедшая климактеричка», и визит к врачу лишь укрепил ее в том, что климакс — стыдный секрет. Сказать правду — лучше умереть.

Ольга Алексеевна, всегда внешне сдержанная, изо всех сил старалась не стать «климактеричкой» — истеричной, плаксиво-обидчивой. Так старалась, так крепко держала себя в руках, что ее и без того сдержанная пластика еще замедлилась, словно кто-то дунул на нее ледяным ветром — царевна-лебедь, которую заморозил Северный Ветер. Вот только ночью... Почему-то бессонницу врач забыл упомянуть. Бессонница Ольгу Алексеевну измучила так, что она с вечера начинала бояться ночи. Раньше у нее было как у всех, заснула-проснулась, а теперь ночь стала — целая жизнь, которую она проживала, пока все спали. Ольга Алексеевна больше не засыпала просто и честно, а забывалась сном, и любая помеха выдергивала ее из этого робкого сна — хлопнула дверь лифта или Андрей Петрович в другой тональности всхрапнул, — и вот уже она лежит без сна, беспокойно приказывая себе «спи, нужно спать, чтобы утром нормально работать...», и «...ах, да, я же не работаю...» — и пошло-поехало... Обратно в сон было не вернуться. В этом мучительном полусне-полуяви Ольга Алексеевна разговаривала сама с собой. О том, как все плохо.

Измученная собственным раздражением, Ольга Алексеевна находилась в конфронтации со всеми — с мужем, с девочками, с Ниной, но так и не признала, что ее яростное недовольство близкими, ее слишком пристальный взгляд, чересчур остро заточенная шпага — *симптом*. Видеть мир трезвыми глазами — тоже симптом. Гинеколог сказал Ольге Алексеевне, что женщины в климаксе относятся к окружающим строже, более критично, видят мир более трезво, чем женщины в детородном периоде... и, конечно, более трезво, чем мужчины, о мужчинах и говорить нечего... *Все* было плохо.

Проще всего объяснить, почему Ольга Алексеевна была недовольна девочками, — по материнским мотивам, женским.

Девочки. Алена. Алена не замужем — в двадцать пять лет!

Алена была не замужем. И никакой не было надежды, что Ольга Алексеевна увидит ее в фате и сможет прослезиться под марш Мендельсона. Вернее, Ольга Алексеевна уже плакала под марш Мендельсона, трижды. Три брака — три развода, и сколько было мужчин между браками. Ольга Алексеевна, для которой объятие означало «Андрюша», с наивной брезгливостью думала: «Я бы не смогла с *чужими*...»

Каждого из своих мужчин Алена любила, страстно и коротко. Всякий раз с разбега бросалась в новую любовь, демонстрируя искренний девичий восторг, и каждый раз повторялся один и тот же цикл: любит, бросает, возвращается, уходит навсегда. Затем новая любовь, новый восторг.

В своих ночных мыслях Ольга Алексеевна вела диалоги с Аленой: «Каждый раз у тебя одно и то же: «Он необыкновенный!.. У меня такого никогда не было!» Какого — такого, Аленушка? Такого умного, такого глупого, такого сильного, такого слабого, такого толстого, такого худого?..» Пожалуй, это все же были монологи, в этих воображаемых разговорах Ольга Алексеевна бывала разной — то требовала, то нежничала, но Алена никогда не отвечала. ...Все Аленины романы были драматичные, как в плохом кино, — бежать, спасать, утешать, лететь к кому-то на другой конец страны, и как-то так получалось, что сама Алена при этом выходила как молодец из огня, целая-невредимая, а все Аленины мужчины чем-то серьезным ради нее жертвовали. На слова Ольги Алексеевны «как же так, Аленушка, ведь он из-за тебя...» — далее следовали варианты «оставил семью, переехал в другой город, бросил работу» — Алена удивленно отвечала «но я же ему ничего не обещала». Ольга Алексеевна недоумевала, возмущалась — *она* не обещала! Так обычно мужчины говорят, не женщины! Любит, бросает, возвращается, уходит и не боится рвать отношения, всегда сама уходит! Таня Кутельман называла отставленных Аленой мужчин «разбитая судьба» или «брошенка». Ольга Алексеевна, обычно не склонная к иронии, чутко улавливала подтекст: так говорят о женщинах, а нарочито простонародный оттенок подчеркивал женскую роль этих мужчин в паре с Аленой. Как преданная мать Ольга Алексеевна была готова ненавидеть тех, в ком Алена разочаровалась, — если бы дочь бросили, если бы дочь была нежной, беззащитной, если бы Аленины мужчины ее обидели. Но Алена *сама обижала*. Алена вела себя не по правилам, взламывая глубинные представления Ольги Алексеевны о мире: мужчина сильный, женщина слабая.

Бедная Ольга Алексеевна, небольшая любительница чтения, так мучительно стремилась понять дочь, что, услышав однажды, как Таня сердито сказала: «Ну что, Настасья Филипповна, еще одна разбитая судьба...», взялась за прежде не читанного ею «Идиота». Изучила роман досконально, как прежде изучала первоисточники, и даже кое-что по своей привычке законспектировала. Фразу «причины действий человеческих обыкновенно бесчисленно сложнее и разнообразнее, чем мы их всегда потом объясняем» заключила в рамочку как главный тезис, из этого тезиса следовало исходить при анализе Алениных поступков.

Между дочерью и героиней Достоевского обнаружилось лестное сходство — Настасья Филипповна была «существом совершенно из ряду вон», и Алена, красивая, страстная, благородная, тоже из ряда вон. Обе были из ряда вон, но кроме этого ничего общего между ними Ольга Алексеевна не нашла. Героиней романа, изломанной женщиной, разрушительницей, двигало «ненасытимое чувство презрения, совершенно выскочившее из мерки», Настасья Филипповна мстила мужчинам за свои обиды, но Алене, Алене-то за что мстить мужчинам? Аленушку никто никогда не обижал, Аленушка росла в любви и безопасности, как цветочек на подоконнике!..

Так и не найдя ответа у Достоевского, Ольга Алексеевна в своих размышлениях пошла по какому-то сложному душевному пути, который привел ее к чувству сродни разочарованию садовника: растил прекрасные цветы для прекрасной жизни, а вышло черт знает что!.. По старой привычке не рассказывать мужу ничего, что может его расстроить, Ольга Алексеевна с ним своим разочарованием не делилась, шла по своему извилистому пути одна, ночами, спотыкаясь, и однажды ночью вдруг решительно сформулировала: «Одна блядь, другая клуша». Она попыталась зачеркнуть, стереть эту фразу, ненормативная лексика никогда не входила в ее внутреннюю речь, Ольга Алексеевна умерла бы от стыда, загляни кто-то в ее мысли, — она, о своих дочерях, матом!.. Но стереть не вышло, и следующей ночью опять, издевательски четко, проступило: одна блядь, другая клуша.

Ариша.

У Ариши — Изя, семейное прозвище Толстун. Изя, Исаак, в честь какого-то там деда — о господи! Ольга Алексеевна убеждала Аришу — с таким именем только в Израиль! Умоляла — назови ребенка по-человечески, ну хотя бы Борей, тоже вполне еврейское имя... «Считайте, что ребенок назван в честь киевского князя, был киевский князь Изяслав Давидович», — невинно посоветовал зять.

Толстун — толстые щечки, с года ест сам двумя ложками. Ольга Алексеевна испытывала чувство вины — говорят, что внуков любят больше, чем детей, значит, нужно любить Толстуна больше девочек, она же ничего подобного не чувствовала, Толстун не стал ее новой большой любовью. Главным для нее оставался Андрей Петрович, затем работа — она работающий в полную силу человек, не бабушка, — затем девочки, а Толстуна Ольга Алексеевна любила в меру. Ну, а когда началось ее *все вместе*, когда Ольга Алексеевна осталась в своей спальне одна, когда недовольство Аленой и Аришей перелилось через край, оказалось, что четырехлетний Толстун — уже не писает в штаны, читает наизусть Маршака, трогательно называет ее «Оя» — единственный на свете человек, к которому у нее нет претензий. Чем с большей горечью Ольга Алексеевна думала о дочерях, тем яснее становилось, что Толстун — единственное сейчас ее сильное чувство. Должно быть, он все это время постепенно вытеснял из нее девочек, как пятно, расползающееся по скатерти, занимает все больше места, пока не займет все.

Алена не вышла замуж, не родила ребенка — разочаровала. Ариша вышла, родила и тоже разочаровала. Ариша оказалась — мама. И только. За четыре года жизни с Толстуном никто не провел ни часа наедине, ни Ольга Алексеевна, ни та, другая бабушка. Арише не надо, Ариша сама. На всех, кроме ребенка, Ариша смотрела туманным взглядом, на вопрос «как дела?» отвечала, как Толстун сегодня поел, чему научился, что сказал. Ольге Алексеевне, политизированной до крайней степе-

239

ни, было не о чем с дочерью поговорить — упивающаяся материнством Ариша не удосужилась заметить, что живет в другой стране.

Ольга Алексеевна Аришу вразумляла: «Живешь как провинциальная девица, без интересов, без планов на будущее, — родила и села дома в халате! Ты ленинградка, дочь одного из первых людей в городе, дипломированный филолог!.. Дело не в зарплате — папа дает деньги, но у тебя должен быть смысл жизни! Не хочешь работать — учись, делай что-нибудь!.. Ты отупела, не интересуешься ни искусством, ни политикой, ни своей, черт возьми, диссертацией...» И так бесконечно, с настойчивостью кружащей над медом осы. «Фило-олог», — повторяла за ней Ариша, словно не понимая значения слова.

Обе девочки, окончив филфак, числились в аспирантуре — что еще делать после факультета невест невестам, не желающим работать?.. Обе даже не притворялись, что пишут диссертации, Алена, смеясь, говорила, что Ариша нашла себя в информативно-насыщенных английских глаголах, а в ее собственной диссертации есть слово «семантика»... Обе погружены в свою личную жизнь: Алена в любви, Ариша в ребенка. И обе на содержании у отца: Ариша с ребенком, Алена с любовями. Ольга Алексеевна как любила их в детстве одинаково, Алену со страстью, Аришу с нежностью, так и сердилась сейчас на них одинаково, на Алену яростно, на Аришу с презрительной жалостью. Жаль Аришу, Ариша скоро останется одна, станет неинтересной собственному мужу, и он ее бросит.

В своем ночном пути Ольга Алексеевна Аришиного мужа пропускала, думала о нем скороговоркой. Витя — еврей, других претензий к нему не было. Экономист, кандидат наук, — а что еврей, это уже было ими с Андреем Петровичем пережито. Вот только внешность зятя ее раздражала: чересчур подвижная мимика, слишком экспансивные жесты, зубы немного вперед, выпуклые глаза за стеклами очков. Ольга Алексеевна резонно про себя замечала — глаза и зубы Аришиного мужа не ее дело, ей с ним не спать. Аленины мужья — первый и третий, чистокровные русские, — тоже вызывали у Ольги Алексеевны физическое отторжение, так что с ее стороны это было чисто женское неприятие, не антисемитизм. Ольга Алексеевна толерантно говорила знакомым: «Аришин муж — хороший еврейский мальчик», и все это понимали как «хороший еврейский муж», семейный, заботливый, обожает ребенка.

Вот только касательно конкретного Вити это было неправдой. Ольга Алексеевна мысленно усмехалась: Витя — хороший еврейский муж?! Витя не отличил бы Толстуна от других малышей в песочнице, отнюдь не вследствие близорукости, своего ребенка он видел только спящим. Вечерами, в выходные, в праздники Витя пропадал во Дворце молодежи, не на дискотеках, конечно, а в клубе экономистов, как говорил Андрей Петрович, «в этом вашем неформальном объединении», где собирались молодые экономисты, социологи, историки. Ольга Алексеевна до типично тещиных упреков «он даже хлеба ни разу домой не принес!» или «Ариша всегда с ребенком одна!» не опускалась. В определенном смысле она была необычная теща, ей нравилось, что Витю занимал не его личный Толстун, а судьба страны. На Аришино, пошлое на ее взгляд, нытье «ребенок почти не видит папу» она отвечала «А зачем ребенку на него смотреть?» и «Я уважаю твоего мужа за его активную жизненную позицию». Честно говоря, Ольга Алексеевна Вите завидовала — она тоже хотела *собираться*. Обсуждать, горячиться, спорить... она прямо-таки физически скучала по людям одного с ней профессионального круга, по разговорам на одном языке, по *своим*, хотя где они, эти свои? Ольга Алексеевна сама уже не понимала, кто наши, кто ваши. С Витей они, конечно, были категорически по разные стороны баррикад.

Навещая Толстуна, Ольга Алексеевна по-детски хитрила, приходила попозже и как бы засиживалась, дожидалась Витю. Она всегда стремилась к новым знаниям, любила *термины*, ей было интересно все, а Арише — все неинтересно. Витя возвращался из клуба, Ариша с порога обрушивала на него поток сведений про Толстуна, словно перед ее глазами не было примера Ольги Алексеевны, всю жизнь прожившей с мужчиной, который приходит домой с *важной* работы, — накорми, выслушай, а уж потом, если он в настроении, можешь о своем, о детях. Ольга Алексеевна подавала Арише пример, кормила и расспрашивала — какие экономические и политические проблемы сегодня обсуждались. Витя всем своим видом показывал «что с вами говорить, вы номенклатура», отвечал неохотно, Ольга Алексеевна, всем *своим* видом напоминая ему, что она не просто номенклатурная жена, а человек, профессионально находившийся в центре общественно-политической жизни страны, умела его разговорить.

Ее политические симпатии — так обтекаемо теперь называлась то, что прежде ясно называлось преданность партии, принадлежали Андропову; умный и, в отличие от Горбачева, властный, он бы реформировал советское общество, вместо того чтобы разрушить, Горбачев же «сам не знает, что делает». Горбачев, считала Ольга Алексеевна — «я как историк считаю», — разрушитель страны и вовсе не освободитель Европы от коммунистического режима, он просто отдал полякам, чехам и немцам то, что было завоевано ценою жизни двадцати миллионов погибших в войне с фашизмом русских. Горбачев, кроме того, ужасно говорит по-русски, в ее глазах это был чуть ли не самый большой его грех, — как деревенский, одно это его мЫшление чего стоит, от слова «мышь»... А как теперь, после отмены руководящей роли партии, управлять производством?! У директоров был страх, что отнимут партбилет, а теперь, когда партии нет, нет и системы управления.

Витя, пусть по другим причинам, но тоже считал действия Горбачева неправильными, разрушающими экономику, как институтка, обожал Собчака, Ольга Алексеевна поначалу испытывала к нему спокойную симпатию, получалось, они оба не одобряли Горбачева и одобряли Собчака — и кто же тогда «наши»?..

Постепенно увлекаясь, Витя рассказывал: бюджетный дефицит, системный анализ падения СССР, денежная реформа... Говорил, что денежная реформа, имеющая целью резко сократить количество денег на руках у населения и пополнить бюджет неэмиссионными рублями, по сути означает изъятие вкладов. «Вы посмотрите, в постановлении маленькими буковками написано: вклады больше 4000 рублей замораживаются. Вы думаете, их когда-нибудь разморозят? Считайте, что ваших денег уже нет, их украли!» Ольга Алексеевна презрительно кривилась — «вы что там, правда считаете, что наше государство может так поступить со своими гражданами?!» — но в целом относилась снисходительно — несмотря на кандидатскую степень, Витя был еще мальчиком. Все были совсем еще мальчики, дети, возглавлял этот клуб какой-то неизвестный Ольге Алексеевне Чубайс, о котором Витя говорил с придыханием — умница, талант, экономист от бога; «экономист от бога» был младше Вити, недавно окончил институт. Многое было наивно, смешно, к примеру, они *всерьез* обсуждали, как будут развиваться события после распада Советского Союза. Надо же до такого договориться — распад Советского Союза!.. Больше всего Ольгу Алексеевну смешила уверенность, с которой эти мальчики говорили о будущем, как будто... со временем выделила из потока имен повторяющиеся имена — Маневич, Кудрин, Илларионов, Кох... как будто они собирались управлять страной!

— К власти пришла военная хунта!..

Ольга Алексеевна молча прошла мимо Нины в гостиную, включила телевизор, несколько минут молча посмотрела «Лебединое озеро» и спокойно, даже как-то устало произнесла: «Ну, вот и все, конец твоей демократии», улыбнулась Нине, и Нина в ответ улыбнулась.

На первый взгляд сцена была дикая. Ольга Алексеевна была не против демократии, но против демократов, в сущности, она была против всех, кто был за... — это только на первый взгляд трудно, и в любом случае арестовавшие ненавистного ей Горбачева путчисты были для нее больше «наши», чем все остальные. Но Нина?! Нина была не просто *за* демократию, она была лицом демократии — почему Нина улыбалась?

Существовало совершенно не идеологическое объяснение Нининой улыбки — это были первые слова, сказанные ей Ольгой Алексеевной за время официально объявленного бойкота. Ольга Алексеевна не разговаривала с ней три месяца и два дня. За три месяца Ольга Алексеевна прекрасно научилась обходиться взглядами, общаться знаками на домашние хозяйственные темы, могла взглядом попросить принести чаю, а если уж обойтись без слов было невозможно, проговаривала необходимые указания мимо Нины, в пространство. Вот такой опереточный бойкот, как игра... любовная игра. Нина была единственным человеком в мире, с кем Ольга Алексеевна позволяла себе капризничать, быть непоследовательной, вздорной и даже немного жалкой. Нина была единственным человеком — Толстун не считается, — который не фигурировал в ночных мыслях Ольги Алексеевны «все плохо». У Нины было — все прекрасно.

Ольге Алексеевне, как злой мачехе, полагалось бы злиться: родные дочери, по ее мнению, *не уда-*

лись, Алена безобразничала, Ариша увядала, а Нину уже можно было назвать знаменитостью. Ольга Алексеевна не злилась, она была справедлива — успех достался Нине *по заслугам*, она единственная из девочек живет правильно, полной жизнью. Их с Ниной политические взгляды противоположны, но у девочки *есть* взгляды. Год назад вышла из комсомола — пришла в райком, положила комсомольский билет на стол и сказала: «Хочу официально прекратить эту муть, поскольку я не исполняю свои обязанности». Поступила как порядочный человек, вот только что за просторечие — «эта муть», все-таки она плохо Нину воспитала...

Ольга Алексеевна хорошо воспитала Нину — ключевое слово здесь было не «муть», а «обязанности». Ответственность ли сыграла главную роль в ее необыкновенном взлете — Нина ежедневно появлялась на экране телевизора — или это было везение?

— Она в рубашке родилась, сначала повезло, что мы ее взяли, потом с этой работой повезло... — сказала Ольга Алексеевна мужу, в то время они еще разговаривали.

— Ага, сначала ей повезло, когда ее отца-подонка арестовали, потом — когда мать померла, — ответил Андрей Петрович. Ольга Алексеевна махнула рукой — ну, это уже в далеком прошлом, не считается.

Нине повезло — она получила чужую работу. Таня Кутельман после филфака изнывала от скуки в школе, и Алена попросила отца устроить ее куда-нибудь «повеселее»: на телевидение, на киностудию, в газету. Андрей Петрович покорно — Алена горло могла перегрызть за Таню — поднял какие-то свои связи и предложили на выбор — редактором на «Ленфильм» и редактором на Пятый канал. «Аленочка, а может, сама пойдешь?» — поинтересовался Андрей Петрович — о телевидении, вожделенном Чапыгина, 6 мечтали все филфаковские барышни — и получил в ответ Аленино «брр-р».

Таня счастливо отправилась на «Ленфильм», а Нина — она, окончив Технοложку, работала в «НИИ НЕФТЕХИМ» — неожиданно попросила «можно я попробую?». Андрей Петрович фыркнул «из тебя редактор, как из меня балерина», но подумал — никогда ни о чем не просила, а тут просит... договоренность есть, так пусть идет.

Таня и Нина назывались одинаково — редакторы, но у Тани была — литература, а у Нины — суета. Таня выискивала в сценарии фактические и сюжетные несоответствия, чтобы на экране не было глупостей, смотрела влюбленными глазами на легендарную Гукасян, работавшую с Козинцевым, Авербахом, Динарой Асановой, пытаясь понять, что имеет в виду Фрижетта Гургеновна, говоря, что именно редактор делает из литературного сценария режиссерский. Нина вызванивала гостей программы, напоминая, когда им нужно быть в студии, пришивала гостю программы оторвавшуюся пуговицу, подбирала информацию для ведущего, писала закадровые тексты к сюжетам, бегала за пирожками для съемочной группы.

Первый закадровый текст ей написала Таня, текст отклонили — слишком литературно, с таким «занудным» текстом зритель моментально переключится на другой канал. Нина попробовала написать сама, и сказали «кратко, динамично, без изысков, подходит!». Это был первый успех, а вскоре она уже сама озвучивала сюжеты в «Новостях» — оказалось, что она говорит энергично, естественно, *подходит*. Не всем дают попробовать себя в кадре, но Нина, с ее желанием для всех наилучшим образом все устроить, ее домашней привычкой ненавязчиво услужить, принести чай, сбегать в аптеку, быстро оказалась своей — это сыграло свою роль. Не обошлось, конечно, без ляпов, однажды Нина сказала в эфире, что в начале 50-х ангела на Ростральной колонне хотели заменить бюстом Сталина. На нее кричали: «Ты из Ленинграда или где?! Ангел на Александровской колонне! Александровская колонна — это Монферран, Ростральная — Тома де Томон, повторяй, балда, — Монферран!..» Нина регулярно появлялась в «Новостях», а однажды ведущего программы «Актуальное интервью» увезли на «скорой», и как в голливудской сказке — заменить некому, пришлось ей, эфир прошел прекрасно, а гость оказался важный — сам Собчак. После эфира похвалил Нину руководству программы: «С вашей новой девочкой очень комфортно, приглашайте, к ней еще приду... хорошая девочка».

Превратившись из Золушки в принцессу, Нина, как водится, узнала о себе много нового: ее любит камера, перед камерой она держится естественно, у нее «такое лицо». Какое «такое»? Простое. Слово «простой» звучало в разных вариантах: с ней просто, у нее простое лицо, сама она простая, как соседская девушка. Теперь Нина вела программу «Актуальное интервью» в прямом эфире по очереди с прежним ведущим, и все, кроме нее, знали, что она *лучше* и программу вот-вот отдадут ей. Карьера телеведущей всегда немного сказка про Золушку, никогда не известно, кто в данный момент *подходит*. Сама Нина считала, что повезло. Везение, случайность играют большую роль, чем принято считать, чему даже существуют математические доказательства, но все же творец успеха не одна лишь случайность — хрустальный башмачок не достается *случайно* тем, у кого большая нога.

Ольга Алексеевна не разговаривала с Ниной с семнадцатого мая. ...Был уютный женский вечер, они пили чай вдвоем, Ольга Алексеевна, обычно не склонная к женским разговорам, была как-то особенно с Ниной тепла, спросила, почему у нее никого нет, почему никогда никого не было, и дала прозаический совет — в двадцать пять лет уже не стоит беречь невинность, наоборот, нужно поскорей с невинностью расстаться. Как часто бывает, обе тут же смутились своей откровенности и, обрадовавшись поводу этот непривычно интимный разговор прекратить, включили телевизор.

— ...**Цель этой рубрики — это совершенно новый подход к хорошо известным историческим событиям нашей страны и вообще всего мира...** — послышалось с экрана.

— Ой, Курехин, Шолохов, — радостно сказала Нина.

— ...**Вот, обратите внимание: вот фотография Ленина в его рабочем кабинете. Посмотрите сюда. Видите? Никто из исследователей не обращал внимания на тот странный предмет, который находится у него рядом с чернильницей...**

...**Поразителен тот факт, что Ленин, человек, которому посвящены миллионы монографий, исследован каждый день жизни его, творчества, и все ученые, исследователи, обошли вниманием этот очень странный предмет. Он почти на всех фотографиях, где Ленин в рабочем кабинете. Посмотрите — рядом с чернильницей.**

— О Ленине передача?.. — с недоверчивой радостью сказала Ольга Алексеевна. — Слушай внимательно.

И они стали слушать внимательно.

— ...Читая огромную переписку Владимира Ильича, гигантскую совершенно, с разными людьми, однажды я наткнулся на фразу из письма Ленина Плеханову. Фраза звучит так: «Вчера объелся грибов, чувствовал себя изумительно».

...И уже доказано, что личность мухомора гораздо сильнее личности человека. Если человек с детства принимает грибы, мухоморы, то они потихонечку становятся его собственной сутью и вытесняют его собственную личность. То есть человек потихонечку превращается в гриб.

...То есть я просто-напросто хочу сказать, что Ленин был грибом. Грибом, более того, он был не только грибом, он был еще помимо всего радиоволной. Понимаете?

В доказательство собеседники с серьезными лицами приводили аргументы: сходство разреза ленинского броневика и грибницы мухомора, «нинель» («Ленин» наоборот) — французское блюдо из грибов... Ольга Алексеевна сидела с неподвижным лицом. ...Это же просто нечестно — пинать тех, кто не может себя защитить! Это сталинские, между прочим, методы — уничтожить словом, унизить, издеваться! Решение о запрещении издевательских насмешек над партийными руководителями принято в 1926-м году... А Нина, казалось бы, близкий человек, от которого она вправе ждать душевного понимания, поглядывает на нее, как бы приглашая повеселиться вместе, она *забыла*, что для нее Ленин, или не посчиталась с ней...

— ...Обратимся теперь опять же к документальным свидетельствам. Вот я сделал выдержку из письма Клары Цеткин Розе Люксембург: «Вчера был Володя, очень торопился, просил что-нибудь быстро перекусить. Особенно хотел грибов». Как вам это нравится?

На фразе «Как вам это нравится?» Ольга Алексеевна встала, выключила телевизор и, посмотрев на согнувшуюся, похрюкивающую от смеха Нину, сказала:

— Ты мне больше не дочь.

— Они гениально построили передачу, не сразу говорят, что Ленин... э-э... гриб, а как бы рассуждают, приводят цитаты... Но это же шутка, — примирительно сказала Нина. — Виталик говорит, что Курехин — лучший современный симфонист, в его «Поп-механике» люди, танцы как музыкальные партии в симфонии... А насчет Ленина — это просто шутка...

Нина улыбалась — ведь если говорят «ты мне больше не дочь», значит, она была дочерью! Ольга Алексеевна молча развернулась и вышла, зачем-то захватив со стола альбом «Государственный Эрмитаж», демонстративно хлопнула ладонью по выключателю, оставив Нину в одиночестве и в темноте.

«В 1924 году на Втором съезде Советов СССР было принято решение увековечить имя Ленина, что выразило волю народов нашей страны...» — написала Ольга Алексеевна. Она сидела на кровати, опершись на подушку, держала на коленях альбом «Государственный Эрмитаж», используя его как подставку. У себя дома она была на нелегальном положении, писала, скрючившись на кровати, не могла писать ни на кухне, ни в гостиной, туда могла зайти Нина, а дверь кабинета Андрея Петровича не открывала *с того дня*. Ольга Алексеевна дописала первую фразу, зачеркнула. Слишком наукообразно, как будто лекция.

...«Город-герой Ленинград, второй по величине и значимости город Советского Союза, колыбель Великой Октябрьской социалистической революции, по праву носит имя вождя мирового пролетариата. В середине семидесятых Ленинград давал стране сорок тысяч выпускников вузов ежегодно, в городе работало две с половиной тысячи библиотек, в которых находилось 149 млн экземпляров газет и журналов. В Санкт-Петербурге в 1910 году 20% населения было неграмотным». Перечитав написанную фразу, Ольга Алексеевна удовлетворенно кивнула — хорошо. Она любила приводить цифры в лекциях и на экзамене от студентов требовала, чтобы знали. Цифры говорят сами за себя, цифры справедливы и бесстрастны.

В мае Ленсовет после долгих дискуссий постановил провести городской референдум, предлагаемый на референдуме вопрос «Желаете ли Вы возвращения нашему городу его первоначального названия — Санкт-Петербург?» был обращен к каждому ленинградцу, в том числе к Ольге Алексеевне. Ольга Алексеевна не желала названия «Санкт-Петербург».

...Цифры, проценты... Пожалуй, это сухо, несовременно, сейчас модно убеждать горячо, темпераментно, как Собчак, кумир молодежи. Витя со своими экономистами, Нина со своими телевизионщиками любят его страстно. На вопрос о переименовании города Собчак ответил: переименованием «мы дадим городу шанс на возрождение...» — и стал личным врагом Ольги Алексеевны. ...Резко чиркнув по листку ручкой, прорезав глянцевую обложку альбома, она начала заново.

«Всем в мире известен Ленинград, город Ленина. Это Ленинград выстоял в тяжелейшей блокаде, вписал свое имя в историю военных побед нашей Родины. Это на кладбище Ленинграда, на Пискаревском кладбище, захоронены тысячи советских людей, ценою собственных жизней отстоявших от фашизма Советскую Родину. А героические защитники Ленинграда, как быть с ними? Отнять у города его имя — это попытка вычеркнуть из памяти народа страницы нашей истории. Люди старшего поколения понимают, что именно Ленинград — это память о героическом прошлом, трудовое настоящее, уверенность в будущем. Сознание молодежи отравляют люди, ненавидящие все советское, все наше, стремящиеся осмеять...» ...Нет, оплевать... «оплевать все, что нам дорого, эти люди хотят вернуть городу имя, связанное с самодержавием, хотят, чтобы наш город снова стал Санкт-Петербургом, символом капитализма, городом роскоши эксплуататоров и нищеты бесправного народа. Мы хотим жить в таком городе?» Ольга Алексеевна вздохнула — в конце концов, даже с точки зрения языка как звучит «Санкт-Петербургский обком КПСС»?.. Над нами будут смеяться! Ольга Алексеевна не могла терпеть, когда смеялись над страной. Когда они с Андреем Петровичем ездили за границу, СССР уважали и боялись, и она чувствовала себя частицей общей силы.

...Пожалуй, про Санкт-Петербургский обком КПСС она не будет писать. Язык — это для нее очень важно, для других нет.

Вечером 17 мая Ольга Алексеевна спрятала в тумбочку свою то ли статью, то ли просто крик души, и на этом, казалось, все. Но нет, не все! Этот так глубоко ее оскорбивший Нинин смех над «Лениным-грибом»... Ленин, такой по-человечески дорогой ей человек, всегда занимавший особенное место в ее душе, — гриб?! Нинин смех пробудил в ней какие-то глубинные процессы, и она, как молодец, належавшийся на печи, проснулась и сказала: «Нет, ребята, это уж слишком!» Ольга Алексеевна вступила в организованный ленинградскими коммунистами комитет «Защитим Ленинград», правда, тому был еще один толчок — чумазый малыш во дворе распевал: «Пишет Ленин из могилы: «Не зовите «Ленинград», это Петр Великий строил, а не я, плешивый гад»». Ольге Алексеевне, такой строгой к языку, не показалась нечестной двусмысленность названия «Защитим Ленинград», она именно так чувствовала — и Ленинград, и Ленин, и чумазый малыш нуждаются в защите.

Что это было, совпадение физического облегчения и невозможности равнодушно пережить оскорбление? Или она снова почувствовала себя нужной? Или просто выздоровела? Приливы, редкие, слабые, не стоящие внимания, как волнишки после шторма, почти перестали ее мучать, и дурные ночные мысли ушли, — осколок кривого зеркала попал в глаз, а теперь выскочил, она его выплакала. И все уже виделось в ином свете. Ариша — прекрасная мать... Алена — как могла она назвать любимую дочь матом... Зять — хороший еврейский мальчик... с Ниной она помирится. *Все* уже виделись в ином свете, все, кроме Андрея Петровича. С ним — нет, никогда.

— Не убегай голодной, на столе тебе творог и чай, — прошептала в спальне Ольга Алексеевна, как бы проверяя, слышит ли ее Нина.

— На столе творог... и чай! — крикнула из прихожей Нина, как в детстве, пропустив «вам», и тут же хлопнула дверь — убежала.

С ее на всю квартиру крика «...К власти пришла военная хунта!..» прошло не больше пяти минут.

Ольга Алексеевна услышала, как открылась дверь кабинета, тяжело прошлепал по коридору Андрей Петрович, включил в гостиной телевизор. ...Почему все-таки Ольга Алексеевна, любящая, покорная мужу, больше не спала с ним в одной постели? А потому что — предательство.

Представим, как Ольга Алексеевна, идеальная жена, лежит ночью во власти приливов, обливаясь потом, то откроет форточку, то закроет... лежит и думает «все плохо», чем пристальней всматривается в свою семью, тем меньше она ей нравится. Спроси золотая рыбка, чего она хочет, Ольга Алексеевна могла бы предъявить ей список желаний: чтобы Алена... чтобы Ариша... Но одно желание было главным, и на это ее желание золотая рыбка уж точно усмехнулась бы, вильнула хвостом, —

чтобы ей было *не* пятьдесят. Если честно, главное, что было плохо — пятьдесят, странная цифра, не имеющая отношения к ней, Оле. Ольга Алексеевна тщательно скрывала от мужа климакс, разыгрывала ежемесячные недомогания, другие, более неочевидные признаки объясняла простудой или «что-то не то съела». Но морщины не объяснишь тем, что «что-то не то съела»! Она искала и находила, конечно, «первые признаки старения»: морщины, в последний год мгновенно брызнувшие по ее тонкой коже блондинки, противную дряблость шеи, чуть отвисшие щеки... Ольга Алексеевна возмутилась бы, услышав, что определяет себя прежде всего как красавицу, нет, она доцент, кандидат наук, жена своего мужа! Но она была красавица-доцент, красавица-кандидат наук и всю жизнь взаимодействовала с миром как красавица. Трезвомыслящая Ольга Алексеевна пыталась подойти к своим мучениям как к задаче, где возраст — дано, и нужно найти решение — как жить. Но как жить с отвисшими, как у бульдога, щеками?! Сколько лет отпущено ее женской жизни — пять, семь?.. В любом случае это *считаные* годы.

Андрей Петрович возвращался с работы все так же поздно, все так же ездили в Комарово на дачу, вот только не поехали, как всегда ездили, в санаторий — Андрей Петрович отказался от путевок. После отмены 6-й статьи Ельцин, провозгласивший отказ от партийных привилегий, несколько раз проехал в метро и по Москве на старом «Москвиче», после чего между секретарями райкомов началось соревнование, кто от чего отказался, кто от черной «Волги», кто от пайков, кто от дачи. Андрей Петрович на этой волне отказался от путевок, но дача, служебная машина, пайки — все осталось. Ольга Алексеевна встречала мужа, помогала снять пальто... пальто — плащ — пиджак, теперь для нее времена года менялись по его одежде, а прежде было «осенний семестр — зимняя сессия — весенний семестр — летняя сессия». И всякий раз, принимая из его рук, думала «у него все осталось, а меня всего лишили»... Кстати о пиджаках. Андрей Петрович сменил вечный черный костюм на брюки и пиджак, и даже в подражание демократам у него появились джинсы. Увидев как-то отца в джинсах и черном пиджаке, Алена сказала: «Пусик, ты как кентавр, снизу демократ, сверху обкомовский дядя».

Ольга Алексеевна пыталась объяснить мужу, как несправедливо с ней обошлись. В последний год, перед тем как уволиться, она ведь рассказывала студентам обо всем, что теперь можно было рассказать: как Сталин уничтожил старых ленинцев, о знаменитом письме Ленина о грубости Сталина, о миллионах по воле Сталина погибших от голода на Украине, о чистках тридцатых годов... В ее семье есть репрессированные, она всегда ненавидела Сталина, когда еще было нельзя ненавидеть.

— ...Но я против преувеличений! Да, кое-что было неправильно, например диссиденты в психбольницах, я против того, что *все* было плохо!

— ...Почему ты не понимаешь?.. Если диссиденты придут к власти, то станет еще хуже! Они говорят, что наказывали инакомыслие, но неужели ты не видишь, демократы — это новая диктатура, если ты не с ними, значит, против них, реакционер, и тебя из жизни вон... Это новая диктатура. Почему ты не понимаешь?!

Андрей Петрович не пускался в политические споры, лишь иногда отвечал что-то устало, как будто подыгрывал ребенку.

— ...Тем большую важность приобретает сейчас мой предмет — история партии как часть истории страны.

— Олюшонок, ты ведь сама ушла... И что ты все об одном да об одном.

Однажды ночью Ольга Алексеевна вдруг поняла, как он должен поступить. Он должен уйти. Да-да, уйти с должности первого секретаря райкома. Не должен служить Горбачеву, который взял и походя отменил ее жизнь.

Конечно, Ольга Алексеевна понимала — Андрей Петрович не собирается сходить с лыжни вместе с ней. Все перестроечные годы он с медвежьим упорством пытался усидеть на своем месте, что же касается его политических взглядов — их просто не было. Он поддерживал новый курс партии на перестройку, поддержал решение об отмене шестой статьи, еще немного — и он поддержит решение партии самораспуститься!

Было так, как бывает с каждой странной, неожиданной, невозможной мыслью: впервые подумав, удивилась, как это могло прийти в голову, затем невозможность стыдливо обкатывалась, и вдруг показалось — возможно. Ну, а потом — только так и возможно. Если она дороже ему, чем власть, если... если он ее любит... Она в ночных своих мыслях так и говорила: «Если он меня любит, значит — уйдет».

И спустя пару месяцев после того, как принесла домой трудовую книжку, Ольга Алексеевна сказала:

— Ты должен уйти с работы.

Андрей Петрович искренне, без подвоха поинтересовался, не больна ли она, и объяснил, осторожно и обтекаемо, как больной: нужно поддержать партию в такое трудное время, тех, кто Горбачева не поддержал, сняли...

— Нужно поддержать партию, иначе снимут... Ты как Рабинович, не ожидала от тебя... — отозвалась Ольга Алексеевна с несвойственным ей прежде ехидством. На удивленное «Какой еще Рабинович?» рассказала старый анекдот: — Отвечая на вопрос анкеты, колебались ли вы в проведении линии партии, Рабинович написал «колебался вместе с линией». — И машинально добавила: — Кстати, понятие генеральной линии партии ввел Бухарин на Четырнадцатой партконференции двадцать девятого апреля тысяча девятьсот двадцать пятого года. Если останешься, значит, ты меня предал.

— Олюшонок, — удивленно сказал Андрей Петрович.

— Ты мой муж и должен защищать меня и наши принципы. А если нет, это предательство.

— Да у тебя, матушка, климакс... Климакс-то твои принципы присаливает, подперчивает.

Ольга Алексеевна отшатнулась, как будто он ее ударил, неестественным голосом пробормотала «Андрюшонок, ты о чем, какой климакс?..» и, словно в подтверждение его правоты, пошла красными пятнами.

Вечер покатился дальше, как будто не было этого разговора, ни пафосного «предательства», ни грубоватого «климакса», и спать легли как обычно. А проснулся Андрей Петрович в одиночестве.

В тот же день Ольга Алексеевна переселила мужа из спальни в кабинет. И без объяснений, объявлений, слез и всяческих «как ты мог», всегда имеющих своей тайной целью примирение, прекратила с ним отношения. *Не* встречала, *не* разговаривала, *не* спала с ним в одной постели. Ольга Алексеевна читала в романах, преимущественно иностранных, как одно слово решает, как рушит одно мгновение, находила это надуманным, а уж в жизни оценивала такие вещи однозначно насмешливым «это все книжное». Она и теперь сказала бы то же самое. Не в слове, не в мгновение было дело — она, как мышка, металась, пытаясь найти выход, а он ее предал.

Единственным, что осталось Андрею Петровичу от привычной семейной жизни, была «наваренная кастрюля». Борщ сменял тушеное мясо, и только по этой смене — борщ, мясо с картошкой, с капустой, с рисом, с гречневой кашей — Андрей Петрович ощущал еле слышный пульс своей семейной жизни, прежде такой счастливой. Он не сделал ни одной попытки попросить прощения, объясниться, не обдумывал, что же так непоправимо ее обидело. Настолько не было между ними принято сориться-мириться, *иметь отношения*, что он вообще не думал в таких категориях, — просто, следуя ее указаниям, соблюдал новые правила. Спроси его кто-нибудь, что происходит между ним и его женой, — в действительности осмелиться на такое не решилась даже Алена, — он ответил бы, мрачно насупившись, «так, значит, так», что на самом деле лучше всего передавало его растерянность и недоумение.

Спустя несколько месяцев молчаливого соседства Ольга Алексеевна заметила, что с Андреем Петровичем что-то происходит: он был то мрачен, то возбужден, подолгу разговаривал по телефону, запершись в кабинете, похудел-помолодел, какая-то в нем отчаянная решимость проглядывала. Так бывало с ним несколько раз в жизни: перед их свадьбой, и когда девочки родились, и когда ему предлагали новую должность, — возбуждение перед тем, как броситься в новую жизнь. Ольга Алексеевна, конечно, догадалась, что у него кто-то есть. Молодая, моложе ее. Разве бывают пятидесятилетние любовницы?.. Конечно, она молодая, без морщин. Столько раз читала, в кино видела, могла представить, как это больно. Наверное, самое ее сильное чувство было удивление, *как* это больно.

...Ольга Алексеевна заглянула в гостиную — Андрей Петрович стоял у телевизора в неподвижной позе со странно скрещенными на груди руками, тяжелый затылок, плотная красная шея, вечное ее беспокойство, что с ним случится инсульт, — и они несколько мгновений вдвоем смотрели на танцующих лебедей. Затем Смирнов развернулся, вышел из гостиной и против всех правил направился в спальню, Ольга Алексеевна следовала за ним, как страж, готовая защищать свою территорию, — молча вошли в спальню, молча легли рядом, молча обнялись. Она гладила его по голове, как ребенка, переливая в него свое тепло, пальцы на секунду замерли, ощутив на лысом затылке незнакомую неровность, затем снова принялись гладить, настойчиво разглаживая, заново узнавая. Они так и не произнесли ни слова, но Ольга Алексеевна поняла — у него есть тайна, не женщина, женщины никакой нет и не было, а тайна есть... Лежали, обнявшись, молча, соединились, нежно, как никогда, впервые за долгую жизнь не играя в привычную игру — он наступает, она уступает. Когда все закончилось, он не отодвинулся, остался в ней, и тогда она заплакала, и он заплакал.

...Уходя из дома, Андрей Петрович сказал:

— Ты не волнуйся. Я как все. Если победят путчисты, меня в момент снимут, как всех, кто проводил линию Горбачева. Если победят демократы... Есть информация, что тогда партию распустят. Тогда коммунистам и кагэбэшникам запретят работать на должностях.

— ...Получается, тебя так и так снимут?.. Ну и хорошо, ну и снимут, ну и будем на даче жить... купим дачу и будем жить... Ах, нет, не купим, деньги-то на книжке пропали, денег-то у нас нет, — по-старушечьи забормотала Ольга Алексеевна.

— Нет так нет, и черт с ними...

Смирнов не выглядел как человек, готовый к *даче*, скорее как человек, который в своем прекрасном мужском возрасте держит жизнь за хвост и не собирается ослаблять хватку.

— Алену — домой, за Аришей с ребенком — машину, — распорядился Андрей Петрович. — Из дома не выходить. Девочек не выпускать. Ждать моих указаний.

Всю ночь Смирнов звонил домой, сообщал новости.

— Олюшонок! Девочки где? Нина? Хорошо. Толстун спит? Хорошо. Есть информация, что войска берут город в кольцо. Ленинградская военно-морская база пока держит нейтралитет.

— Олюшонок? Все дома? Сейчас три часа ночи, почему ты не спишь? Ждешь моего звонка? Хорошо. К Гатчине приближается колонна танков и бронетранспортеров. Сто пятьдесят машин. Обещают не вводить танки в город. Спи. Я сказал — ложись спать. Я позвоню через час.

— Олюшонок, не волнуйся. Пока нет ясности. В четыре тридцать утра на посту ГАИ у платформы «Аэропорт» видели танки, идущие к городу. Пока все.

...Смирнов положил трубку. Бедная Оля... Денег у нее на книжке нет. Что скажет, когда узнает, что ее муж — тайный банкир? Да у него самого, когда думает об их с Ником банке, мороз по жопе идет! Подкуп чиновников при приобретении производственных мощностей — это самое невинное из все-

Елена Колина

го, что там творится. Ник в Ригу ездил, посмотреть на первый в стране обменный пункт, на площади у вокзала. Хочет первым открыть у нас сеть обменных пунктов... Тут Ник перебирает, не может такого быть, что у нас разрешат валюту продавать-покупать. Ему нужно молиться, чтобы путч провалился. В суете и неразберихе, когда все начнут озверело хватать, что плохо лежит, — уж он-то знает, как *плохо* все лежит — они с Ником выживут... Вот бы залезть в голову к каждому отдающему сейчас указания здесь, в Ленсовете... Он, коммунист, защищает законную власть, демократы защищают демократию, граждане защищают их, строят баррикады, на подступах к Исаакиевской, перегораживают ящиками переулок Гривцова. ...Граждане снаружи... Интересно, у каждого, кто внутри, есть тайна, свой интерес, экономический или политический, *свой*? Да уж, конечно, не у него одного. С того дня, как взял деньги цеховиков, воровские деньги, ждал — будут угрозы, шантаж. В восемьдесят восьмом был принят закон «О кооперации», по которому можно было легализовать подпольные производства, получив для них статус кооперативов. Цеховики, те, кто на свободе, превратились в кооператоров, а те, кто сидел, продолжали отбывать срок. Ник сидел. ...Но чего боишься, как раз выходит другое. Ник вернулся из заключения этой весной, *не* забрал свое, что хранилось в Комарово,

268

а уже через месяц сказал: «Открываем банк, я учредитель, ты в доле, деньги мои, твои связи». Ни угроз, ни шантажа не было, было деловое предложение, на которое он ответил: «Сейчас, жопу наскипидарю и побегу...» — и согласился.

«Так кто победил, Андрюша? — сказал Ник. — ...Нет, признай, что я победил...» Он ему тогда ответил: «Да ладно тебе... время такое» ...Район-то и весь город делят, как буханку хлеба, у кого пасть больше, тот и откусит. Раньше директора его как боялись — не дал план, партбилет на стол, а теперь, когда Горбачев руководящую роль партии отменил, кого им бояться? Наш-то народ или боится, или ворует. Каждый директоришка почувствовал единоличную власть, каждый создал при своем предприятии кооператив, посадил туда брата-свата, и свою продукцию — продукцию государственного, между прочим, завода, — через кооператив продает, а деньги с братом-сватом делит. Ник говорит — так и ты создай при своем предприятии кооператив, при райкоме — банк. А что деньги криминальные, так что считать криминалом — дело вкуса, вон партия перейдет на нелегальное положение, и криминалом станет быть членом КПСС.

Красиво говорит, сука... Бедная Оля, бедная принципиальная Оля *ничего* не понимает.

— ...Олюшонок. Не буди девочек, пусть спят. Ситуация тревожная. Есть сведения, что танковая колонна приближается к городу. ГУВД получило приказ при подходе военной техники заблокировать дороги. Все телефоны молчат.

Последний звонок был около шести утра.

— Олюшонок, танки сменили направление движения, удаляются от города. Ложись спать.

Все дома, все спят. Андрей Петрович опять единолично управлял своей семьей, — счастье.

ДНЕВНИК ТАНИ

Ночь с 20-го на 21-е августа

Мы все собрались у тети Фиры, как Мышка, Лягушка, Зайчик и Медведь спрятались от дождя под одним грибом.

Я пришла первой. Лева! Все, как будто мне пять лет. Тетя Фира, вот счастье, гладила меня по голове, как будто хотела поправить бант, казалось, еще чуть-чуть, и колготки мне подтянет, а я-то как ее люблю! В прихожей запах детства, коммуналки и тети-Фириных пирогов!

Алена. Ее появление всегда спектакль. Первое действие было во дворе: Алена въезжает на своем «Мерседесе», все сбегаются, трогают машину, гладят. «Аленушка, откуда у тебя "Мерседес"?» — как-то спросил Андрей Петрович, специально спросил при мне, надеясь ненароком что-нибудь узнать о ее жизни, но Алену голыми руками не возьмешь. «А-а... подарили...», и все.

— Левка, я тебя люблю!..

Зазвонил телефон — Андрей Петрович. Алена взяла трубку, сморщилась, отвела в сторону, пробормотав: «Орет как сумасшедший...» Из трубки раздался рык: «...Я те-е сказал не шляться! В городе черт-те что творится!.. Ох, Алена... любишь ты жить своим умом, а ума у тебя с гулькин хер... Дай мне Фиру Зельну!.. Фира Зельна? Приглядите за Аленой, чтобы она от вас — пулей домой!..»

Виталик с Зоей.

— Левка, я был на фестивале в Каннах, представляешь, я — на набережной Круазетт... Я тебе все расскажу, ты обалдеешь!..

Ариша. Ариша одна, без ребенка, это настоящее чудо.

— Левочка, Левочка, Левочка... Толстун спит у мамы. У меня с собой его фотографии, вот, смотри... — Ариша журчала, как ручеек. — Нина очень хотела прийти повидаться, но мама сказала «может быть, хотя бы одна из моих дочерей останется со мной», и Нина осталась... А я и Рома... мы во дворе случайно встретились...

— Здрасьте, Фира Зельмановна... — выдвинулся Рома из-за Аришиной спины.

Господи, Рома! Последний раз я видела Рому осенью после окончания школы, я **надеялась**, что он тактично не заметит мою беременность, но не таков Рома, чтобы оправдывать чужие ожидания! Он сказал: «Танька, скажи, от кого беременна, я заставлю его жениться». Мы все — и Рома, как будто мы как в старом кино, в трудную минуту собрались у своей первой учительницы.

Дядя Илюша сказал тост: «Демократия под угрозой, под угрозой наша новая прекрасная жизнь, но вы, дети, все равно будете счастливы, потому что молодость сама по себе счастье...» Настроение у него «все пропало». А у нас — «все будет хорошо». Ариша пила лимонад, она по-прежнему не пьет, никогда, ни бокала вина.

Сначала было — Лева, а мы все вокруг него, как дети в хороводе вокруг елки. А потом все стали говорить одновременно, каждый о своем.

Ариша: «...Стояла в очереди в «Ланком» на Невском, купила духи». Ариша такая уютная, в путч стоит в очереди за духами, и мне вдруг показалось, что путч — комедия и мы все должны жить своей частной жизнью.

Виталик: «Я буду снимать на «Ленфильме»... С прокатом сейчас сложно, но на фестивалях покажут... Спонсоров я нашел. И Зоя у нас меценат, поддержит отечественный кинематограф... ...Да, Зайка?.. Но если сейчас все открутят назад?.. Как же мое кино?!»

Зоя: «...В моих магазинах правильный ассортимент, вежливые продавщицы, у меня два магазина, скоро будет третий... А вдруг не будет? Вдруг теперь запретят кооперативы?!»

Рома: «...У меня большие планы, я открываю совместное предприятие, у меня с собой копии документов, смотрите, регистрация совместного предприятия уже подписана, вот подпись — "Путин"...»

Наш историк говорил Роме: «Мальчик мой, ты — не для эпохи развитого социализма, ты для другой эпохи, для эпохи накопления капитала». Называл его «конкистадор». За то, что не признавал правил, вечно с ним что-то случалось, то он кого-то защищал, то на кого-то нападал, как будто ему нравилось рисковать. Конкистадоры, испанские рыцари, бросились на захват новых земель, завоевали Америку, в награду за смелость получили богатство и свободу от любой власти. Вот и Рома — риск, богатство, свобода, совместное предприятие.

Алена. Алена — элита прежнего мира — поглядывала на Зою с выражением «магазины, фу, гадость», а на Рому с выражением «лев готовится к прыжку» — она так смотрит на тех, кто кажется ей подходящим для романа, и Рома действительно был очень привлекателен этой своей возбужденной уверенностью «я сделаю, я открою...».

— Фира Зельмановна, я маме позвоню, узнаю, как спит Толстун, — сказала Ариша, позвонила и, поговорив, растерянно обернулась к нам: — Мама сказала, что папа сказал, что Собчак сказал «все кончено». Ночью Белый дом будет взят. В Москве танки и стрельба трассирующими пулями... Рома, что такое трассирующие пули?..

Тетя Фира заговорила нараспев:

— Собчак сказал «все кончено»? Лева, а ведь я тебе говорила, Лева! Я говорила «не выходи из аэропорта, возьми чемодан с книгами и улетай обратно», а ты мне так удивленно «с ума сошла?..», как будто ты самый умный, а я уже ничего не понимаю...

— Нет! Не может быть, что все кончено! Мы не быдло, нас так просто не задавишь!.. Я ночью листовки на своем ксероксе печатал, весь день расклеивал... — Рома вытащил из кармана смятую листовку: — «Ленинградцы! Гадам нас не победить!»

Лева пожал плечами:

— Листовки, митинги... игра.

— Какая, к черту, игра?! Ты сам-то на митинге был? Ты народ видел?

Тетя Фира укоризненно начала: «Рома...», и напрасно, для Ромы правило «в гостях не нападать на хозяев» — фигня. Тетя Фира говорила: «Рома очень способный мальчик, способный на все». К Аришиной старой барыне на вате однажды зашел наш Колька-милиционер — и пропала миниатюра восемнадцатого века. Ариша рассказала Роме, и

Колька миниатюру вернул. Как десятиклассник победил милиционера?.. Между ним и Левой всегда было какое-то напряжение, они классическая парочка «хороший мальчик — плохой мальчик».

— Мне не нужны митинги, чтобы понять, что мое мнение расходится с мнением толпы. Перестройка — это нападение на следствие, а не на причины. Когда борются лишь со следствиями, но сохраняется системное мышление, перемена невозможна. В данном случае — демократия невозможна. Система воспроизведет себя на следующем витке, это закон.

— Почему это демократия невозможна?! Слушай, а чего ты вообще сюда приперся?! За книжками? Так взял бы your books в аэропорту и enjoy your flight! Why ты в Америку не улетел?.. Без тебя найдется кому демократию защищать!

— Я не собирался защищать демократию, теоретически здесь невозможную, мне было интересно посмотреть, как будет...

Лева был прекрасен — спокоен, как будто это академическая дискуссия, хотя оппонент угрожающе наклонился, голос стал громче, в глазах что-то совершенно неакадемическое, обида, злость, как дам по башке.

— Ах, тебе интересно? Как тут у нас будет? Такой вот энтомологический интерес? Изучаешь нас, как мир насекомых? Ты считаешь, ты лучше других?! И так презрительно — sorry за то, что я так необыкновенно умен и талантлив, sorry, sorry!

Я знаю, почему Лева не улетел. Он постеснялся улететь. Толкаться в очереди в аэропорту, спасаться в одиночку, спастись одному, оставив родителей в аэропорту, как будто протыриться на лучшее место, когда они на худших? Но разве это можно объяснить? А разве Лева может считать себя таким же, как другие, это все равно что Микеланджело скажет: «Да, я нормальный, я как все...»

По радио — какая-то новая радиостанция «Эхо Москвы» — сказали: «В Москве пролилась первая кровь». Погибли люди.

Господи, господи, в Москве уже погибли люди...

А потом по радио сказали: «Ленинградцы! Демократия в опасности. В Москве уже есть жертвы. Просьба ко всем молодым здоровым мужчинам выйти на Исаакиевскую площадь для защиты Ленсовета...» — так или как-то так, это были такие нереально страшные слова, что я неточно запомнила.

Рома вскочил мгновенно, мы все еще сидели в оцепенении, а он уже был у двери, обернулся со словами:

— А ты вали в свою Америку, у тебя теперь там homeland. Understand ты или нет?.. Слышишь, ты, американец, я у себя дома сам решу — будет у нас демократия или нет!

Топор. Потом мы смеялись, что пошли с топором защищать демократию, но в ту минуту не было смешно, и даже не возникло вопроса — зачем топор. Дядя Илюша побежал на кухню, где все соседи хранили свои инструменты, и принес топор, дал Роме, и Рома с Левой ушли. Тетя Фира прошептала «Левочка...». Я заплакала. Такая неожиданная реакция организма, но я ведь не ожидала, не знала, сначала все это было как будто смотришь кино! И знаешь, что даже если добро не победит зло по *всем* пунктам, то *в целом* победит. Боишься, волнуешься и думаешь «вот как я сильно волнуюсь, — значит, хорошее кино!». А тут вдруг — не кино, а в Москве уже есть жертвы, в Ленинграде всем мужчинам выйти на площадь.

Алена сидела, глядела вдаль под тети-Фирино предупреждающее «Алена, не вздумай... Алена, не тебя просили, а мужчин... Алена, я обещала твоему папе...» — и вдруг вскочила и убежала, мы услышали, как она выехала из двора. У нас же двор-колодец. У нас все слышно.

И тут вдруг заревела Ариша:

— Я больше никогда его не уви-ижу...

— У тебя странный брак, ты даже сегодня одна... вот мы с Виталиком стараемся в такие минуты быть вместе... — сказала Зоя. Зоя всегда говорит Арише вежливые гадости, смотрит на Аришу, как на колбасу в своем магазине, как будто прики-

277

дывает, сколько она стоит, а Ариша не замечает, Ариша у нас бесценная.

— Успокойся, Аришенька, ничего с твоим Витей не случится, он же разумный человек, под танки не полезет... — сказала тетя Фира.

— Ро-ома, — проревела Ариша.

— Рома — неразумный, — раздумчиво сказала тетя Фира, — но при чем здесь Рома?..

Действительно, при чем здесь Рома?.. Ариша влюбилась, что ли?.. Прямо на наших глазах?

— ...Мне, наверное, тоже нужно пойти? Ну, со всеми, на площадь... — сказал Виталик, глядя на Аришу.

— С ума сошел?! — за нее ответила Зоя. — Я тебя не пущу! Если уйдешь, все, развод!

Можно ли осуждать Зою?.. Зачем мне о ней думать, она нам чужая. Но Виталик! Мальчики на баррикадах, а он с нами у тети Фиры! А что предпочла бы я сама: чтобы мой любимый человек подвергался смертельной опасности или оказался трусом? Я бы предпочла точно знать, что он смелый и чтобы не было смертельной опасности, никогда.

По телевизору показывали «Невозвращенец», фильм странно повторял события, на экране путч, и за окном путч, на экране кричали «Танки, танки!», и у нас — танки, там взорвали памятник Пушкину, и здесь... пока еще не взорвали. Виталик смотрел внимательно — он всегда как будто проваливался в фильм, — бормотал: «Снежкин снимал на «Ленфильме», там уже было полное запущение, павильон не отапливался, он был в шапке, классный получился фильм....» — и вдруг встал, сказал Зое: «Я в туалет... Что, уже в туалет без тебя нельзя сходить?...» — и мигнул мне. Я вышла за ним.

— ...Там Левка один, без меня... и вообще... Пойду посмотрю, что там...

Что это было? Виталик — человек кино, для него кино реальней, чем жизнь. Неужели на него такое сильное впечатление произвел этот киношный путч, больше, чем настоящий? Или он подумал, что, если он не пойдет, ему не дадут снимать кино?.. Или он подумал, что Лева там один, без него?

Я вошла в комнату, огрызнулась на Зоин подозрительный взгляд, как двоечник на уроке, — да, мы всегда вместе ходим в туалет! «Виталик утек», — прошептала я тете Фире, она прошептала в ответ: «И смех, и грех». Она говорит так в неоднозначных ситуациях, когда вроде бы нельзя смеяться, но смешно.

Всю ночь мы сидели, скорчившись над радиоприемником, ловили каждое слово «Эха Москвы», как будто война и мы слушаем сводку с фронта. Когда было совсем плохо слышно, дядя Илюша рассказывал анекдоты, но не безлично, а как будто про тетю Фиру: «Лева залез на дерево, Фирка говорит: "Лева, или ты упадешь и сломаешь себе шею, или ты слезешь, и я тебя убью"». Тетя Фира смеялась и вообще вела себя на удивление мужественно... как будто она спит и во сне ведет себя мужественно.

По радио говорили «пролилась кровь», может быть, пока мы сидим здесь, танки уже смели баррикады вокруг Исаакиевской и наши мальчики остались одни против танков?

Мальчики вернулись под утро, возбужденные, как пьяные, от победы. И Алена.

...Алена — тете Фире: «...Я ездила в часть, агитировала Псковскую дивизию перейти на нашу сторону, потом на Исаакиевской с баррикады раздавала листовки... баррикада была из каких-то труб и ящиков, я порвала колготки...»

...Рома — Арише: «...Мы победили!»

Ариша — Роме: «...Раз мы уже победили, ты можешь пойти со мной к маме, Толстун просыпается в девять...» И они ушли — вдвоем.

— Ну, вот тебе и здрасьте, — сказала им вслед тетя Фира.

Никогда в жизни не слышала от тети Фиры такого неинтеллигентного выражения.

Она права — вот тебе и здрасьте! Но я Аришу понимаю, если бы я уже не была влюблена, я бы тоже влюбилась в Рому, этой ночью он был как прекрасный принц, победивший чудовищ.

...Лева — мне, тихо, чтобы никто не услышал: «...Танька, у меня такое чувство гордости — я там был!.. Я отсюда не уеду!.. Там, на площади, я понял, я вдруг понял — каждый идет на войну, понимаешь, каждый! В этом суть жизни! Неважно, что один может когда-нибудь доказать гипотезу Пуанкаре, а другой нет. Я понял, что я как все, я часть своего народа... Да, я прежде говорил другое, и что? Эйнштейн сказал: «Из всех мыслимых построений в данный момент только одно оказывается преобладающим» — одно! То есть в разные моменты времени истина разная! Сегодня ночью я понял — разделение идеи на чувственном уровне, чувство общности, коллективные ценности — вот что самое важное!.. У нас будет другая страна, новая страна! Какие у нас люди, Танька, какие лица, какие прекрасные лица!.. Ты когда-нибудь видела столько прекрасных лиц разом?! А я видел!.. На площади!..»

Получается, каждый ходил на площадь за свое. Рома за свое подписанное этим Путиным совместное предприятие, Виталик за свое кино, Лева за свое чувство «я был там». Ариша, спящая красавица, проснулась и влюбилась, Лева, спящий красавец, проснулся и влюбился в свой прекрасный народ...

— ...А топор-то мой где?.. Небось потеряли? — хозяйственным голосом почтальона Печкина сказал дядя Илюша. — А я хотел отдать в музей. «Топор Ильи Резника, использовался для защиты демократии».

Чуть позже начались звонки из Америки — Левины друзья, дождавшись утра, взволнованными голосами спрашивали «как вы?!». Лева отвечал «мы пьем чай» или «мама сделала яичницу». Он, конечно, немного рисовался — блажен, кто посетил сей мир в его минуты и т. д. Но правда, что происходило у нас в минуты роковые? Просто жизнь.

Папа сказал, что у него двойственное чувство: эйфория, гордость — и стыд, неловкость, как будто его *заставили* испытывать героические чувства, как будто он, наивный идиот, думал, что это война, а на самом деле играли в войнушку. Сказал: «Но ведь истинна только пережитая эмоция, как на елке в детском саду, неважно, что Баба Яга ненастоящая, Манечка по-настоящему боялась».

Манечку его прекрасную мы взяли на митинг на Исаакиевскую послушать Собчака. И правда, сколько прекрасных лиц, сколько любви ко всем! Лева нес Маню на плечах, у нее в руке плакат — вырвала лист из альбома для рисования и красным фломастером написала «*лучшее в переди*».

Папа сказал: «Важно, что будет потом, за это *потом* мы, возможно, и не сможем гордиться». Этот папин вечный скептицизм! С возрастом увеличивается.

От кого: Lev Reznik <reznik@gmail.com>
Кому: Татьяна Кутельман <kutelman@mail.ru>
29 декабря 2012, 18:08

Прости, я отвлекся, не дописал, машинально отослал тебе недописанное письмо.

Деньги на Аришу на следующий год я перевел. Я советовался со здешними врачами. Они говорят, что бессмысленно «бороться с алкоголизмом», необходимо перестать ее жалеть и дать ей возможность самой отвечать за свою жизнь. Опекая ее, вы как будто все время повторяете «в твоей жизни произошла трагедия, бедная ты, сначала погиб Витя, потом Рома» и тем самым принимаете ее право быть несчастной.

Послушай, мне вдруг пришло в голову — почему ты никогда не использовала в сценариях Аришину историю? Ведь двое ее мужчин, младореформатор и «бандит», — такие типичные герои своего времени, что тебе даже не нужно придумывать ни характеры, ни сюжет: любовный треугольник, и оба застрелены в нашем дворе. Отчего-то именно по Арише, такой нежной, проехалось колесо истории. Впрочем, колесо истории всегда проезжает по самым слабым.

Я убежден, что причина ее алкоголизма не внешние обстоятельства, а суть личности. Прежде Ариша опекала своих «несчастненьких», а теперь она сама у себя «несчастненькая».

Елена Колина

От кого: Татьяна Кутельман <kutelman@mail.ru>
Кому: Lev Reznik <reznik@gmail.com>
29 декабря 2012, 23:15

Не умничай! КАКАЯ РАЗНИЦА, в чем причина Аришиной болезни? Как будто не все, что происходит с нами, суть наша личность! Эта твоя вечная привычка докопаться до сути! Когда докопаешься, поймешь — нет никакого клада, зачем копал? Один человек слабый, другой сильный. Нина же не запила от того, что осталась единственной опорой разрушившейся семьи! Или от того, что ушла с телевидения, когда стало «все нельзя», ушла со всеми своими премиями за лучшего ведущего информационных программ, — представь, она всю жизнь в прямом эфире, это как наркотик, а тут ее с наркотика сняли... и ничего, не запила. Нина будет опекать и жалеть Аришу — всегда. И я, и Алена.

Алена! Вот главная новость уходящего года! Алена сказала: «пришло время рожать детей». Вот уж кто вообще не принимает во внимание внешние обстоятельства, такие как возраст и проч., собирается родить троих — и родит! Цитата из статьи про Алену, нашла в Интернете: «...снабжена уникальным вестибулярным аппаратом, позволяющим ей обернуться вокруг своей оси, уменьшая силу удара, и направить лапы к земле. Имеется еще один важный фактор — хвост, который выполняет роль руля». Нет, правда, у Алены, как у кошки, девять жизней.

Спасибо за Аришу.

От кого: Lev Reznik <reznik@gmail.com>
Кому: Татьяна Кутельман <kutelman@mail.ru>
02 января 2013, 19:10

Не стыдно благодарить меня за деньги, как будто я чужой? Как будто я Арише враг. Просто раньше у меня не было времени вникать, а теперь у меня есть время подумать.

Только что прочитал в Интернете про себя «вор и подонок, как все еврейские олигархи» — и чуть не расплакался от обиды. Сижу и обиженно думаю — о судьбах родины, блин! Сов. власть была лицемерной и преступной и проч., но нам она досталась в виде фарса, а в книгах нас учили хорошему: быть честными, смелыми, бескорыстными, все за одного — один за всех, а сейчас в этой стране одна формула успеха: власть — деньги. И так плохо, и сяк еще хуже.

В этой стране, как говорит мама, все не слава богу.

Ты заметила, что мы всю жизнь говорим, как наши родители, — «эта страна», как будто у нас есть другая. С «этой страной» все как будто в юности: мучаешься от неразделенной любви, лежишь ночью и думаешь «я тебя люблю, а ты меня нет».

От кого: Татьяна Кутельман <kutelman@mail.ru>
Кому: Lev Reznik <reznik @gmail.com>
3 января 2013, 23:15

Звонил ЖэПэ, жалким голосом спрашивал: «Скажи мне правду — фильм провальный?», и через минуту опять звонок: «Ну кто мне скажет правду, кроме тебя, — фильм провальный?» У него завтра премьера в Доме кино. На третий раз я сказала: «Да ужас, а не фильм», и он притих, как будто задремал. Какой Виталик у нас многоликий! Когда он продюсер сериалов — он ЖэПэ, а когда сам снимает кино — наш Виталик.

Знаешь, какой тост сказала мама в Новый год? Моя мама, твоя тетя Фаина, сказала: «Жизнь меня удивляет. Как из такой неудачной девочки, из такого неприятного подростка, каким ты была... (в этом месте она оживилась, хотела продолжить в подробностях)... получилась такая преданная дочь? Спасибо тебе за трепетную заботу». И заплакала. Я тоже заплакала. У нас дома все сумасшедшие, но это не сумасшедший дом.

От кого: Lev Reznik <reznik@gmail.com>
Кому: Татьяна Кутельман <kutelman@mail.ru>
10 января 2013, 19:25

А моя мама, твоя тетя Фира, только что вошла, задумчиво сообщила: «В Лондоне нет ни одной селедки, чтобы по-человечески сделать форшмак, но ничего, лучшее впереди». Что она имела в виду?

Помнишь, Маня у меня на плечах с плакатом «Лучшее в переди»? Где оно, это переди? Впереди, что ли?

Литературно-художественное издание

16+

Колина Елена Викторовна

ПРО ЧТО КИНО?

Роман

Редакционно-издательская группа «Жанры»

Зав. группой *М.С. Сергеева*
Ответственный за выпуск *Т.Н. Захарова*
Технический редактор *Т.П. Тимошина*
Корректор *И.Н. Мокина*
Компьютерная верстка *Ю.Б. Анищенко*

ООО «Издательство АСТ»

127006, г. Москва, ул. Садовая-Триумфальная,
д. 16, стр. 3, пом. 1, комн. 3

Типография ООО «Полиграфиздат»
144003. г. Электросталь, Московская область, ул. Тевосяна д. 25